Elizabeth Musser

IM SCHATTEN DER MAGNOLIEN

Kleine Auszeit

Elizabeth Musser

Im Schatten der Magnolien

Kleine Auszeit *Roman*

francke

Über die Autorin:
Elizabeth Musser wuchs in Atlanta auf. Seit dem Abschluss ihres Studiums englischer und französischer Literatur an der Vanderbilt Universität in Tennessee ist sie als Missionarin tätig. Heute lebt sie mit ihrem Mann Paul in der Nähe von Lyon in Frankreich. Die beiden haben zwei Söhne.

Bibliografische Information der Deutschen Nationalbibliothek
Die Deutsche Nationalbibliothek verzeichnet diese Publikation in der Deutschen Nationalbibliografie; detaillierte bibliografische Daten sind im Internet über http://dnb.dnb.de abrufbar.

ISBN 978-3-96362-049-2

Originally published in English under the title:
Love Beyond Limits
Published by arrangement with Thomas Nelson, a division of HarperCollins Christian Publishing, Inc., Nashville, Tennessee, USA
German edition © 2019 by Verlag der Francke-Buchhandlung GmbH
35037 Marburg an der Lahn
Deutsch von Silvia Lutz
Umschlagbild: © iStockphoto.com / frimages
Umschlaggestaltung: Verlag der Francke-Buchhandlung GmbH
Satz: Verlag der Francke-Buchhandlung GmbH
Druck und Bindung: CPI books GmbH, Leck – Germany

www.francke-buch.de

In Liebe
für meine wunderbare Schwiegertochter,
Lacy Elizabeth Musser,

und für meine Nichten,
Sadie Rosebud Wren,
Lynnette Musser Haizlett,
Rachelle Ashley Granski,
Leighanne Michaelee Nichole Granski,
Emily Joy Musser,
Hannah Kaye Musser,
Rachael Katherine „Katie" Goldsmith.

Ihr alle seid schöne junge Frauen, die ihren Platz in dieser Welt finden. Haltet an Jesus fest, während ihr mit der ganzen Kraft und Freude, die ich bei jeder von euch bewundere, euren Weg geht.

Kapitel 1

Wilkes County, Georgia
April 1868

Der Stein flog durch den offenen Türrahmen des Schulhauses und landete vor Emilys Füßen. Bestürzt bückte sie sich und sah, dass ein Zettel um den Stein gewickelt war. Sie löste ihn und las die Worte, die in Großbuchstaben wie von einem Kind geschrieben waren: DER KLAN KOMMT.

Emily trat in die aufziehende Dunkelheit hinaus, nahm ihre Röcke in die Hand und lief eilig zu den Hütten der freigelassenen Sklaven. Dabei rief sie laut: „Sam! Sam!“

Auf der Straße kam ihr ein älterer schwarzer Mann entgegen, dem sie den Zettel in die Hand drückte. Sam hatte erst letztes Jahr lesen gelernt, aber er entzifferte die Worte sofort. Schnell schaute er Emily an und sagte: „Verschwinden Sie von hier, Miss Emily! Beeilen Sie sich!"

„Ich fürchte mich nicht vor dem Klan, Sam. Ich bleibe bei euch."

Mit großen Augen schaute er Emily an und schüttelte den Kopf. „Sie haben sich noch nie vor etwas gefürchtet, Miss Emily. Das weiß ich. Aber Sie können nicht bleiben. Laufen Sie, so schnell Sie können, zum Haus hinauf."

„Eine weiße Frau hat der Klan noch nie getötet." Entschlossen schob Emily das Kinn vor und warf die Schultern zurück. „Ich bleibe."

Die Überraschung in Sams Augen verwandelte sich in etwas Finsteres. Seine Miene war so hart, dass Emily erschrak. „Ich habe Sie auf die Welt kommen sehen, Miss Emily. Und ich habe nicht vor, heute mit anzusehen, wie Sie aus dieser Welt genommen werden."

„Diese Männer werden mich nicht töten!"

„Sie machen noch etwas viel Schlimmeres. Sie zwingen Sie, dabei zuzusehen, wie sie uns töten! Gehen Sie jetzt!"

„Aber ich will euch helfen! Es muss doch etwas geben, das ich tun kann!"

„Sie sind jung und mutig, Miss Emily. Aber Sie helfen uns am meisten, wenn Sie ins Haus zurückgehen und unseren Schöpfer um Erbarmen anflehen."

Sie sah die Angst, aber auch die Wut in Sams Augen. Einen Augenblick später hörte sie das Schlagen von Pferdehufen, das in der Ferne die Erde erschütterte. Es klang, als nähere sich der leibhaftige Tod.

Mit einer schnellen Handbewegung packte Sam sie an der Hand und schob sie zu der kleinen weißen Schindelkirche. „Es ist zu spät! Sie können nicht mehr zum Haus laufen. Verstecken Sie sich in der Kirche und geben Sie keinen Ton von sich, Miss Emily! Ich flehe Sie an."

Seine Hände zitterten so sehr, dass Emily ihn nicht loslassen wollte. „Ich bleibe hier. Versprochen", sagte sie. „Geh zu deiner Familie."

Als sie Sam nachschaute, wurde ihr schwer ums Herz. Sam war der älteste ehemalige Sklave auf der Derracott-Plantage und war jetzt ein Freigelassener. Alle ihre früheren Sklaven waren geblieben und versuchten, auf den 400 Hektar Ackerland ihren Lebensunterhalt zu verdienen. *Naturalpächter* war das Wort, das Emilys Vater dafür benutzte. Die Sklavenunterkünfte waren verschwunden. Jetzt bildeten zwei

Dutzend neue Hütten eine kleine Siedlung. Widerstrebend hatte ihr Vater den Schwarzen erlaubt, eine Kirche und eine Schule auf dem Gelände zu errichten.

Auch die Erwachsenen gingen zur Schule und lernten zusammen mit ihren Kindern. Jeden Tag stand Emily in dem kleinen Schulhaus, das sie vor zwei Jahren gebaut hatten, und lehrte sie Lesen und Schreiben.

Und jetzt terrorisierten schreckliche, von Hass getriebene Männer die Plantagen, ergriffen die Freigelassenen, misshandelten einige, erhängten andere und richteten ein Blutbad an. Das alles geschah nur aus einem Grund: Es gab Weiße, die glaubten, dass Schwarze minderwertig waren.

Das Schlagen der Hufe wurde lauter und kam immer näher. Emily sank auf den Boden, ihr Herz hämmerte wie wild in ihrer Brust. *Guter Gott, lieber Herr, bitte beschütze sie. Beschütze uns.*

Die freigelassenen Schwarzen waren nicht die Einzigen, die in Furcht und Angst vor diesen nächtlichen Reitern lebten. Viele weiße Republikaner wurden ebenfalls Opfer dieser geistesgestörten Gruppe. Der Ku-Klux-Klan machte auch vor ihnen nicht halt, misshandelte sie und schreckte selbst vor Mord nicht zurück. Um ihren Vater hatte Emily jedoch keine Angst. Er war ein durch und durch überzeugter Demokrat. Trotzdem war er ein guter Mensch, der die Sklaven auf seiner Plantage immer freundlich behandelt hatte.

Auch schon vor dem Krieg.

Emily brach auf dem Boden zusammen, wischte sich die schwarzen Locken aus den Augen und weinte. „Vor dem Krieg!“, seufzte sie laut. Vor dem Krieg hatte ihr Leben einen Sinn gehabt. Jetzt war von der Plantage praktisch nichts mehr übrig, ihre beiden Brüder waren tot und ihre Mutter sah alt und gebrochen aus. Ihr Vater war gut und anständig, aber er war schwach. Und er hatte Angst.

1867 hatte der Kongress den Süden in Militärbezirke aufgeteilt und gestand das Wahlrecht nur den Männern zu, die einen Treueeid auf die Vereinigten Staaten leisten konnten und schworen, dass sie die Konföderation nicht unterstützt hatten. Aufgrund dieser Bedingungen hatten viele Weiße in den Südstaaten – auch Emilys Vaters – ihr Wahlrecht verloren.

Emily wischte sich mit den Fäusten die Tränen aus dem Gesicht. In den Jahren vor dem Krieg war sie so naiv und so jung gewesen. Jetzt war sie zwanzig. Drei Jahre lang hatte sie sterbende Soldaten gepflegt und seit zwei Jahren unterrichtete sie im Schulhaus ehemalige Sklaven. Inzwischen war sie nicht mehr naiv und sie fühlte sich auch nicht mehr jung. Sie wollte, dass die Freigelassenen das bekamen, was ihnen verfassungsgemäß zustand: ihre Rechte. Das Rekonstruktionsgesetz, das 1867 verabschiedet worden war, gewährte schwarzen Männern das Wahlrecht. Sie durften sich bilden und Eigentum besitzen und sogar politische Ämter bekleiden.

Und sterben, nur weil sie jetzt frei waren.

Die Berichte in den Zeitungen hatte sie gelesen, hinter vorgehaltener Hand hatte man sich von Überfällen im nahe gelegenen Greene County erzählt und von den schrecklichen Misshandlungen, die man Mr James Corley vor den Augen seiner Frau und seiner Tochter zugefügt hatte. 65 Angreifer, Männer mit Kapuzenumhängen, darunter führende Männer der Stadt, hatten ihn so brutal zusammengeschlagen, dass er nur mit knapper Not überlebt hatte. Er trug bleibende, sichtbare Narben davon. Dazu kamen Narben, die viel tiefer waren. Der Klan hatte James Corley als Zielscheibe für seine Gräueltaten gewählt, weil er ein schwarzer Abgeordneter aus Georgia war.

Bittere Galle stieg in ihr auf. Und jetzt war der Klan hier in Wilkes County! Auf der Plantage ihres Vaters! Während sie auf dem Holzboden der Kirche kniete, fragte sie sich, von wem diese Warnung gekommen war.

Warum war sie heute so lange im Schulhaus geblieben? Sie wusste, dass es nicht klug war, nach Einbruch der Dunkelheit allein draußen zu sein. Aber sie liebte die Stille, wenn die Erwachsenen und die Kinder nach Hause in ihre Hütten gegangen waren. Wenn sie allein im Schulhaus war, konnte sie den Unterricht für den nächsten Tag vorbereiten ... Und wenn sie Glück hatte, noch einmal einen Blick auf Leroy erhaschen.

So! Jetzt hatte sie es sich endlich eingestanden. Aber in diesem Moment hörte sie draußen ein Pferd wiehern und die Geräusche von unzähligen Pferdehufen. Das Licht von brennenden Fackeln erhellte die Dunkelheit und war durch das Fenster verschwommen zu sehen, während der wütende Mob an der Kirche vorbei zu den Hütten der Freigelassenen stürmte. Emily wusste, dass die Klan-Mitglieder erbost waren. Ihnen gefiel es nicht, dass die schwarzen Männer auf der Plantage von ihren neuen Rechten Gebrauch machten. Sie durften zur Wahl gehen und sogar für ein Amt kandidieren. Diese Veränderungen verwandelten den Süden in etwas, das den eingefleischten Demokraten ein Gräuel war, denn sie bildeten sich ein, dass im Süden wieder die gleichen Zustände herrschen sollten wie vor dem Krieg. Der Schwarze war vielleicht frei, aber er sollte in Angst vor der Macht des Weißen leben.

Das war leider nur allzu wahr!

Bei den ersten schrillen Schreien zuckte sie zusammen. Dann nahm das Schreien zu. Es ging ihr durch Mark und Bein. Dazu noch das laute Klappern der Pferdehufe, die auf der Stelle traten. Emily kauerte sich entsetzt zusammen. Sie saß vielleicht zehn Minuten so da, doch es kam ihr vor wie eine Stunde. Dann ertönten lärmende Triumphrufe von den Reitern, bevor die Pferde erneut an der Kirche vorbeipreschten und sich in die entgegengesetzte Richtung entfernten. Während Emily immer noch in der Ecke kauerte, flog eine brennende Fackel durch das Kirchenfenster und landete direkt neben einem Stapel alter Liederbücher. Bevor sie die Fackel aus der Kirche werfen konnte, hatten die Liederbücher schon Feuer gefangen und ihr Kleid wurde angesengt.

Sie riss die Kirchentür auf, während sich die Flammen auf den schlichten Kirchenbänken ausbreiteten, die wie Zunder brannten. Emily lief hinaus und schaute mit Tränen in den Augen zu, wie die Reiter in den weißen Kapuzenumhängen in die Nacht hineingaloppierten. In der Ferne sah sie drei Hütten, die lichterloh brannten. Die Familien stürmten ins Freie, um sich vor den Flammen zu retten. Sie weinte und musste wegen des Rauchs kräftig husten. Keuchend lief sie zu ihnen.

Doch einen Moment später blieb sie abrupt stehen. Emily schrie entsetzt und ihr ganzer Körper begann zu zittern. Washington Eager hing baumelnd an einem Seil, das keine fünf Meter von ihr entfernt um den Ast eines Baumes geschlungen war.

„Schneidet ihn ab! Schneidet ihn ab!", hörte sie Leroys Stimme die hysterischen Schreie übertönen. Er stand plötzlich neben ihr. Dann kletterte er schnell auf die Schultern eines anderen Mannes und durchschnitt mit einem schmerzerfüllten Stöhnen das Seil. Der regungslose Körper fiel auf den Boden. Washington, Leroys älterer Bruder, war tot.

Wie angewurzelt stand Emily da. Leroys Gesicht war schweiß- und blutverschmiert. Er bückte sich, hob Washingtons leblosen Körper auf und hielt ihn schluchzend in den Armen. Dabei schrie er zum Himmel.

Emily war schwindelig und ihr war übel, aber sie zwang sich, zur Hütte der Eagers zu laufen. Als sie schon fast dort war, kamen ihr Sam und seine Frau, Tammy, entgegen.

„Wohin haben sie unseren Jungen gebracht? Was haben sie mit Washington gemacht?"

Emily nahm Tammy in die Arme und hielt sie fest. Tammy war jahrelang ihr Kindermädchen, ihre Vertraute und ihre persönliche Sklavin gewesen. Tammys starke schwarze Arme hatten Emily gehalten, als der Soldat an der Tür ihres Hauses erschienen war, um ihnen die Nachricht vom Tod ihres Bruders Luke in irgendeinem Tal im Norden zu überbringen. Tammy hatte Emily auch gehalten, als nur vier Wochen später ein anderer Soldat erschienen war, um ihnen mitzuteilen, dass auch ihr anderer Bruder, Teddy, gefallen war.

Jetzt hielt Emily ihre Freundin – ja, sie war ihre *Freundin* – in den Armen und weinte mit ihr, während Leroy mit seinem toten Bruder auf den Armen den langen Weg zur Hütte seiner Eltern zurücklegte.

Kapitel 2

August 1868,
vier Monate später

Emily verließ das Schulhaus, aber sie war alles andere als beruhigt. Es war zwar keine Warnung durch das Fenster geworfen worden. Trotzdem war sie vorsichtig und machte sich große Sorgen. Wegen der Nachricht, die sie am Morgen gehört hatte.

Bevor sie zum Haus ging, schlenderte sie auf die Felder hinaus, die sich weiß färbten, als würde es mitten im August schneien. König Baumwolle! So nannte man die Baumwolle im gesamten Süden. Die Erntezeit würde nicht mehr lange auf sich warten lassen.

Sie liebte das Gefühl der weichen Baumwolle in ihren Händen. Schon als kleines Mädchen hatte sie gerne bei den Sklaven gesessen und die Baumwolle durch die Entkörnungsmaschine geschoben.

Emily dachte nicht oft an Eli Whitney. Dieser Mann war dafür berühmt, dass er 1793 die Baumwollentkörnungsmaschine erfunden hatte, aber in Emilys Augen war das ein zweifelhafter Ruhm. Seine Erfindung war der Auslöser dafür gewesen, dass noch mehr Sklaven nach Wilkes County geholt worden waren, weil in den gesamten Südstaaten noch mehr Sklaven gebraucht worden waren. Der Boden hier war für die kurzstaplige Baumwolle bestens geeignet, eine Sorte, die auf den Inseln im Atlantik nicht bekannt war. Besserer Boden, bessere Baumwolle, größere Plantagen. Das bedeutete auch mehr Sklaven.

Mehr Sklaven. Und jetzt lebten sie hier auf der Plantage ihres Vaters als sogenannte Freigelassene. Freigelassene, die immer noch Baumwolle pflückten. Tammy, Sam, Leroy und 75 andere Männer, Frauen und Kinder würden bald auf die Felder strömen, um die Baumwolle zu pflücken und den Gewinn mit ihrem Vater zu teilen. Falls es einen Gewinn gab.

Oh bitte, Herr! Lass die Ernte nicht wieder verderben. Für uns alle. Und bitte, Herr, halte den Klan fern.

„Emily Joy!“ Als sie an der Tür zum Salon die Stimme ihres Vaters hörte, zuckte sie zusammen. „Wo warst du? Deine Mutter hat dich überall gesucht. Sie macht sich große Sorgen.“

Sie ging auf ihren Vater zu und umarmte ihn herzlich. Er sah alt aus, seine schwarzen Haare waren grau durchzogen, seine Schultern gebeugt, sein Anzug viel zu weit. Er war immer ein starker und entschlossener Mann gewesen. Damals. Bevor ...

„Ich war unten im Schulhaus und habe den Unterricht für morgen vorbereitet.“

Das Gesicht ihres Vaters wurde blass. „Um diese Uhrzeit? Nach allem, was im Frühling passiert ist?“

„Ich habe gar nicht gemerkt, wie schnell die Zeit verging. Danach war ich auf den Feldern. Dieses Jahr werden wir eine gute Ernte haben, Vater.“

„Wir beten, dass es so sein wird, Emily.“

Sie zögerte, bevor sie ihre anderen Gedanken aussprach. „Ich habe gehört, was gestern in Oglethorpe County passiert ist. Menschen wurden gelyncht. Was ist, wenn der Klan heute Abend wieder zu uns kommt?“

Sie fühlte, wie ihr Vater innerlich erstarrte. Er hob eine Hand und drückte ihren Kopf an seine Schulter.

„Beruhige dich, Emily. Sie werden heute nicht kommen."

„Woher willst du das wissen?" Ihre Stimme klang fast anklagend.

Ihr Vater stieß ein langes Seufzen aus. „Ich weiß es nicht", gab er zu. „Ich bete einfach, dass sie nicht zurückkommen und nicht erfahren haben, dass sich Leroy entschieden hat, Politiker zu werden. Es ist dumm von ihm, seine Meinung so laut kundzutun."

„Es geht ihm um die Ehre seines ermordeten Bruders", erwiderte Emily.

Ihr Vater schaute sie traurig an. „Ja, ich weiß. Aber wozu soll das führen? Will er, dass seine Eltern mit ansehen müssen, wie auch er an einen Baum gehängt wird? Gegen den Klan sind wir machtlos."

Emily löste sich aus den Armen ihres Vaters und ging in die Bibliothek, wo sie so tat, als blättere sie in einem Buch. Ihr Vater irrte sich! Sie hatte in der Zeitung von mehreren Bundesstaaten gelesen, die es gewagt hatten, sich gegen den schrecklichen Ku-Klux-Klan zu wehren. In Tennessee, Arkansas und Texas wurde das Kriegsrecht erfolgreich angewandt.

Aber nicht hier in Georgia.

In Georgia übernahmen die Demokraten wieder die politische Macht und arbeiteten auf eine erneute weiße Vormachtstellung hin. Durch Terror. Ihrem Vater missfielen ihre starken republikanischen Neigungen, aber sie konnte und wollte ihre Meinung nicht ändern. Sie *wusste* es. Seit ihrem sechsten Lebensjahr. Sklaverei war falsch. Seit ihrer frühesten Kindheit lebte Emily mit zwei widersprüchlichen Beobachtungen: Das Leben auf der Plantage war der Himmel auf Erden und die Sklaverei war eines der schlimmsten Übel, die die Menschheit je gekannt hatte. Als Kind hatte sie noch nicht gewusst, was sie gegen dieses Übel hätte unternehmen können, aber nach und nach hatte sie es gelernt.

Und jetzt waren die Sklaven Freigelassene. Als Lehrerin stand sie in ihrem kleinen Schulhaus, das nur aus einem einzigen Raum bestand, vor ihnen und unterrichtete Kinder und Erwachsene. Sie brachte ihnen das Lesen und Schreiben bei. Sie schloss die Augen und sah den Stolz und das breite Lächeln auf Leroys Gesicht, als er zum ersten Mal seinen Namen geschrieben hatte.

Leroy! Emily klappte das Buch zu und schüttelte vehement den Kopf. *Schlag dir Leroy aus dem Kopf!*, schalt sie sich. Aber falls ihm, Sam oder Tammy etwas zustoßen sollte …

„Das Essen ist fertig!“ Das war die schwache Stimme ihrer Mutter. Früher war ihre Mutter eine faszinierende Schönheit gewesen, aber jetzt sah sie ausgemergelt aus, ihr kastanienbraunes Haar war stumpf, ihre Wangen eingefallen. Das Leuchten war aus ihren Augen verschwunden, es war zusammen mit Teddy und Luke begraben worden.

Emily betrat das Esszimmer und strich über das dunkelblaue Kleid, das staubig geworden war, als sie draußen zu den Feldern gegangen war. Sie betrachtete den langen Tisch aus Kirschbaum, um den herum gut zehn Personen Platz fanden. Heute war für fünf gedeckt. Das bedeutete, dass sie einen Gast erwarteten.

Vater und Mutter kamen ins Zimmer. Mutter blickte sich schnell um und kontrollierte den gedeckten Tisch. Wenigstens war ihr immer noch wichtig, dass der Tisch schön gedeckt war. Mit dem edlen Porzellan, den Kristallgläsern und dem Silber, das sie von Emilys Großmutter geerbt hatte.

Gladys, eine frühere Sklavin und jetzt Küchenmagd, kam mit dem Essen ins Zimmer, während Emily und ihre jüngere Schwester Anna zu ihren Plätzen am Tisch traten.

„Leutnant McGinnis leistet uns heute Abend beim Essen Gesellschaft", sagte Mutter und schaute Emily dabei an. Ihre grauen Augen blickten sie ernst an und vermittelten ihr etwas Wichtiges. Emily wusste, was sie in ihrem Blick lesen sollte.

Einen Moment später betrat Thomas McGinnis das Zimmer. Er trug Zivil und war sauber rasiert, sein blondes Haar war aus dem Gesicht gekämmt und seine blauen Augen waren sanft und gleichzeitig traurig, wie Emily fand.

„Vielen Dank, Mrs Derracott, für die freundliche Einladung." Er neigte leicht den Kopf und sagte dann: „Es freut mich, dich zu sehen, Anna. Und Emily. Du bist so hübsch wie eh und je."

„Sehr freundlich von Ihnen, *Leutnant* McGinnis." Für einen kurzen Moment funkelten ihn Emilys Augen verschmitzt an. Warum war er plötzlich so förmlich? „Wenn du mir noch ein Kompliment machst, fordere ich dich zum Armdrücken heraus und besiege dich!"

Leutnant McGinnis lachte. „Das bezweifle ich nicht."

Sie gab ihm einen Kuss auf die Wange und bemerkte den zustimmenden Blick ihrer Mutter. „Es ist schön, dich wiederzusehen, Thomas."

Schließlich nahmen alle Platz.

Emily und Thomas waren schon als Kinder Freunde gewesen. Sie hatten zusammen gespielt, waren miteinander ausgeritten und hatten sich sogar einmal geprügelt. Sie liebte ihn wie einen Bruder, wie die Brüder, die sie verloren hatte. Aber eben nur wie einen Bruder. Ihre Mutter wünschte, es würde mehr daraus. Das wusste Emily ganz genau.

„Wann bist du nach Wilkes County zurückgekommen?", fragte Emily, als das Tischgebet gesprochen war.

„Erst vor ein paar Tagen."

„Gibt es in Bezug auf die Arbeit in Atlanta etwas Neues?"

„Bei den Eisenbahnen gibt es viel Arbeit. Aber nicht für einen früheren Farmer und Soldaten." Seine hellblauen Augen blieben an Emily hängen. „Außerdem braucht mich Vater wieder auf der Plantage, wenn wir dieses Jahr einen Gewinn einfahren wollen. Die Baumwolle ist fast reif zur Ernte und die Sklaven arbeiten nicht mehr so wie früher."

„Sie sind keine Sklaven mehr, Thomas", stellte Emily klar.

„Nein, natürlich nicht", räumte er ein. Sie sah, wie sich ein Muskel in seinem Gesicht verhärtete. „Sie sind arrogante Gleichberechtigte, die sich weigern zu arbeiten. Wenn man den Schwarzen sich selbst überlässt, weiß er nicht, was Arbeiten heißt. Ohne die Mittel, ihn zu züchtigen, wird er faul."

„Ach, Thomas! Erzähl mir bitte nicht, dass du die Propagandasprüche der anderen verrückten Demokraten nachplapperst", protestierte Emily.

„Thomas hat recht, Emily", mischte sich ihr Vater

ein. „Unsere Schwarzen sind zwar auf der Plantage geblieben, aber es ist nicht mehr so wie früher.“

Vor dem Krieg.

„Sie arbeiten einfach nicht richtig“, schob ihr Vater nach.

„Mit *richtig* meinst du, dass Männer, Frauen und Kinder zwölf Stunden am Tag arbeiten?“, bohrte Emily nach.

„Ja.“

„Aber Vater, du würdest selbst doch auch nicht so lange auf den Feldern arbeiten wollen. Und von mir würdest du das sicher auch nicht erwarten!“

Ihr Vater schaute sie verärgert an. Diesen Blick kannte sie nur zu gut. „Ich weiß nicht, wie ich eine Tochter großziehen konnte, die genauso aufmüpfig ist wie die Sklaven! Vielleicht haben sie diese verrückten Ideen ja von dir. Sie stehen nicht mit uns auf einer Stufe, und das werden sie auch nie!“

Emily fühlte, wie ihre Wangen zu glühen begannen, als sie sich wieder über das bekannte Thema in die Haare gerieten. Aber vor Thomas wollte sie nicht streiten.

„Dein Vater hat recht, Emily. Die Schwarzen sind dumm; sie können nicht lernen. Sie sind faul und ungebildet. Das liegt an ihrer Rasse.“ Thomas sagte das ruhig und gelassen, aber mit einer festen Überzeugung.

„Daran ist *unsere* Rasse schuld“, platzte Emily heraus. „Wir haben dafür gesorgt, dass sie ungebildet sind, und ich sage euch eines, Thomas und Vater: Ihr irrt euch! Sie sind nicht faul. Sie können lernen, und das tun sie auch. Jeden Tag. Und zwar schnell. Und sie können stolz darauf sein.“

„Wie du je auf die törichte Idee kommen konntest, diesen eingebildeten Frauen aus dem Norden in dieser Schule für Schwarze zu helfen, werde ich nie verstehen“, seufzte ihr Vater und wischte sich mit seiner weißen gestärkten Serviette den Mund ab.

Wie kann er es wagen, mich vor Thomas zu demütigen, kochte Emily innerlich. Ihr Vater war hier der Ungebildete. „Bitte verzeih, wenn ich dir widerspreche, Vater, aber Miss Lillian und die anderen Frauen aus dem Norden sind vieles, aber bestimmt nicht eingebildet!“ *Und alle Menschen* sind *gleich.*

„Das reicht, Emily“, mischte sich jetzt ihre Mutter ein. „Gladys, wir sind bereit für den nächsten Gang.“

Später stand Emily draußen auf der Veranda, die um das ganze Haus herumführte, lehnte sich an eine der sechs weißen Säulen und ließ ihren Blick zu den Magnolienbäumen wandern, die die Auffahrt zum Herrenhaus säumten. Ihr Haus war eines der schönsten in ganz Georgia, hatte ihr Vater oft geprahlt. Jetzt fragte sie sich, wie lange er das Haus noch würde halten können. Jedes Mal, wenn sie diese Bäume anschaute, sah sie im Geiste den armen Washington, wie er unten bei der kleinen Kirche an der alten Eiche gebaumelt hatte.

Thomas kam auf die Veranda heraus und trat neben sie. „Du warst heute beim Essen ganz schön streitsüchtig."

Sie drehte sich um und schaute in das Gesicht ihres gut aussehenden Freundes. Er war nur ein Jahr älter als sie, aber obwohl er erst 21 war, hatte der Krieg tiefe Spuren in seinem Gesicht hinterlassen. Aus seinem Gesicht sprach eine Müdigkeit, die vielleicht durch nichts vertrieben werden konnte. Thomas hatte auch zwei Brüder im Krieg verloren. Er hatte direkt neben Joseph gestanden, als eine Kugel seinen Bruder zu Boden gestreckt hatte.

„Ich war doch schon immer streitsüchtig, oder, Thomas?"

Er bedachte sie mit einem müden Lächeln und zuckte die Achseln.

„Ich habe mich nicht verändert. Diese Ansichten habe ich schon immer vertreten."

„Ja, ich weiß. Aber jetzt sprichst du sie zu laut

aus, Emily. Weißt du, was meine Soldatenfreunde sagen?“

„Ich habe nicht die geringste Ahnung.“ Sie rümpfte die Nase und wandte den Blick ab.

„Sie sagen, dass ich eine rebellische Braut hätte, die mit den Nordstaaten sympathisiert.“

„Das ist eine Frechheit! Wie können sie das wagen!“

„Ich stimme dir zu, dass das ziemlich brutal ist, aber schließlich sind deine republikanischen Ansichten kein Geheimnis.“

Er hatte sie falsch verstanden, aber sie wagte es nicht, das Missverständnis aufzuklären. Wahrscheinlich war sie in gewisser Weise rebellisch, wenn damit gemeint war, dass sie schon immer gegen Sklaverei war und im Krieg die Ziele des Nordens unterstützt hatte. Sie hatte aber nicht dagegen protestiert, dass seine Freunde über ihre politischen Ansichten gesprochen hatten, sondern war erbost, dass sie als seine *Braut* betrachtet wurde.

Thomas griff nach ihrer Hand. „Meine liebe rebellische Braut.“

Sie entzog ihm ihre Hand. „Bist du da nicht ein wenig voreilig?“

„Ja, wahrscheinlich. Aber irgendwann in naher Zukunft werde ich es offiziell machen. Das verspreche ich dir, Emily.“

Traurig schaute sie ihn an. „Lieber Thomas ... du willst bestimmt keine rebellische Braut. Ich hoffe, dass wir immer Freunde bleiben, und ich werde dich immer respektieren. Und ich weiß, dass ich deine Ansichten nicht ändern kann. Aber niemand wird mich je dazu bringen, meine Ansichten zu ändern. Ich will dir nicht das Leben schwer machen."

„Du könntest mir nie das Leben schwer machen, Emily."

Wenn er sie so anschaute, mit einer solchen Liebe in den Augen, fiel es ihr schwer, an ihrer Entschlossenheit festzuhalten. Aber sie liebte ihn nicht so, wie eine Frau einen Mann lieben sollte, den sie heiratete. Wenn sie einen Mann mit so abweichenden Überzeugungen heiratete, würde sie damit eine Katastrophe heraufbeschwören. Das konnte sie nicht.

Außerdem liebte sie einen anderen. Doch *seine* Frau zu werden war nicht nur unwahrscheinlich. Es war absolut unmöglich.

Kapitel 3

An manchen Nachmittagen saß Emily nach der Schule auf einer Kirchenbank in der kleinen Kirche, die die freigelassenen Männer und Frauen mit eigenen Händen auf der Plantage ihres Vaters gebaut hatten und die sie nach jenem grauenhaften Abend im April, als die Kirche zusammen mit drei Hütten völlig niedergebrannt war, wieder neu aufgebaut hatten. Sie saß in der Kirche und betete. Oft leistete ihr Miss Lillian, die ebenfalls als Lehrerin an dieser Schule arbeitete, dabei Gesellschaft.

„Du wirkst heute sehr nachdenklich, Emily."

„Das bin ich auch, Miss Lillian. Man könnte wahrscheinlich sagen, dass mein Herz schwer ist. Wenn sich nicht einmal die Menschen in einer Familie einig sind über die Stellung der Schwarzen in der Gesellschaft, wie können wir da erwarten, dass die Frage der Befreiung jemals gelöst wird?"

„Ich glaube nicht, dass sie gelöst wird. Wenigstens nicht in naher Zukunft", antwortete Miss Lillian. „Kurz nach dem Ende des Krieges habe ich im *Enquirer* gelesen: ‚Die Sklaverei ist tot; der Neger nicht; das ist das Pech.' Diskussionen über die Bedeutung von freier Arbeit haben zu schier unlösbaren Problemen zwischen den Plantagenbesitzern und den früheren Sklaven geführt. Beide Seiten müssen die Vergangenheit überwinden, Emily." Sie seufzte schwer. „Ich sage damit nichts, was du nicht schon wüsstest. Da die Plantagenbesitzer auf der einen Seite disziplinierte Arbeitskräfte brauchen und die Freigelassenen auf der anderen Seite nach Autonomie streben, sind Konflikte unvermeidlich. Veränderungen sind schwer und brauchen Zeit."

Energisch warf Emily ihre Locken über die Schultern zurück. „Weiße und Schwarze werden sich nie gegenseitig vertrauen, nicht wahr?" Sie wartete nicht auf Miss Lillians Antwort. „Es ist so, wie Vater und Thomas es sagen: Die Weißen sind überzeugt, dass die Schwarzen nicht fleißig genug sind, um schwer zu arbeiten. Aber wir wissen, dass das nicht stimmt,

Miss Lillian. Schauen Sie nur, was sie in den drei Jahren seit dem Ende des Krieges alles geschafft haben! Sie haben ihre eigenen Kirchen und Schulen, die Freigelassenen haben das Wahlrecht, sie können sogar politische Ämter bekleiden. Sie werden zu einem wichtigen Teil der Gesellschaft. Sie lernen, ihre Rechte wahrzunehmen."

Miss Lillian runzelte die Stirn und zuckte leicht die Achseln. „Emily, ich glaube, das Hauptproblem im Süden besteht darin, dass der größte Teil der weißen Bevölkerung nicht begreifen kann, warum Schwarze überhaupt irgendwelche Rechte haben sollten."

Emily nickte. *„Veränderungen sind schwer und brauchen Zeit."* Miss Lillian hatte recht. Wie in aller Welt konnte man erwarten, dass der Süden plötzlich ein völlig neues Wertesystem annehmen und dem Ende der Sklaverei begeistert zustimmen würde. Schließlich basierte die Wirtschaft in den Südstaaten schon seit fast zweihundert Jahren auf diesem System.

„Ich will keine Spaltung in meine Familie bringen, Miss Lillian. Das wissen Sie. Ich liebe meine Eltern. Sie haben viel durchgemacht und ich könnte es nicht ertragen, wenn sie noch mehr leiden müssten. Aber sie wollen, dass ich einen Mann heirate, der zwar gut und treu ist, aber durch und durch ein Demokrat. Das kann ich nicht." Sie war aufgewühlt. Energisch stand sie auf und stemmte die Hände in die Hüften. „Und es geht noch um viel weiter als nur um meine Familie! Ich kann die Heuchelei meines Volkes nicht ertragen! Schauen Sie nur, wie die Vereinigten Staaten für die Unabhängigkeit von England gekämpft haben. Doch dann haben wir hier die gleichen Strukturen übernommen und den Sklaven eine noch viel schlimmere Form der Zwangsarbeit auferlegt."

Sie trat ans Fenster und blickte auf die alte Eiche hinaus, an der der tote Washington Eager gebaumelt hatte. Sie konnte Miss Lillian nicht anschauen, als sie schließlich flüsterte: „Ich denke, in der tiefsten Tiefe meines Herzens habe ich Angst. Ich habe Angst um mich selbst. Angst, dass meine Sorge um unsere Freigelassenen die Menschen, die ich liebe, verletzen könnte. Aber ich will meine Meinung nicht ändern. Was soll ich nur tun?"

Sie schaute ihre Freundin an. Die hübsche Frau Anfang vierzig hatte ihr rotbraunes Haar im Nacken zu einem Knoten gekämmt. Miss Lillian war anmutig und würdevoll, und aus ihren hellgrünen Augen schien eine Art heilige Weisheit zu sprechen. An dieser Frau war absolut nichts „eingebildet".

„Den Herrn überraschen diese Umstände nicht, Emily." Miss Lillians grüne Augen schauten Emily ruhig an. „Durch die ganze Geschichte hindurch gab es immer wieder Familien, die bei der Frage der Menschenrechte gespalten waren. Bitte Gott um Führung. Er wird sie dir bestimmt schenken." Miss Lillian strahlte Frieden und Freundlichkeit aus. „Und ich glaube, du, mein liebes Kind, hast ein Ohr für seine Stimme." Sie zwinkerte. „Auch wenn du manchmal sehr hitzig sein kannst." Miss Lillian stand ebenfalls auf. „Und jetzt gehe ich nach Hause."

Emily schaute Miss Lillian nach, als diese das Schulhaus verließ. Sie war eine von vielen Frauen der Missionary Aid Society, die aus dem Norden in den Süden gekommen waren, um zu helfen, die befreiten Sklaven zu unterrichten. Emily erinnerte sich noch gut an ihr erstes Gespräch vor zwei Jahren. „War es nicht schwer, Ihre Familie zu verlassen?", hatte Emily sie gefragt. „Warum sind Sie hierhergekommen?"

„Ich wollte lieber Gott gehorchen als den Menschen", hatte Miss Lillian geantwortet. „Mein Herr hat mir den Auftrag gegeben, seine Dienerin für diese bedürftigen Menschen zu sein."

Diese Worte hatte Emily nie vergessen. Sie sah sich auch dazu berufen, eine *Dienerin* zu sein und den Menschen, die früher Sklaven gewesen waren, zu dienen. Es war wie eine Ironie des Schicksals und verblüffend. Und richtig. Absolut richtig.

Emily vermutete, dass der Süden der Vereinigten

Staaten zu den Gebieten der Welt gehörte, in denen die Menschen besonders seltsame Vorstellungen von der Gleichheit aller Menschen hatten. Sie gab Miss Lillian recht, dass es ihre Aufgabe vor Gott war, den Freigelassenen zu helfen. Seit drei Jahren beobachtete sie, wie die früheren Sklaven ihres Vaters unermüdlich daran arbeiteten, eine Schule und eine Kirche zu bauen, Bildung zu erlangen und zu lernen, ihre Rechte zu verteidigen. Sie waren schon sehr weit gekommen. Aber alles schien sehr zerbrechlich zu sein. Und gefährlich.

Kapitel 4

Am nächsten Tag bat sie Leroy, auf sie zu warten, nachdem die anderen gegangen waren. Sie musste ihn noch einmal warnen. Wenigstens war das der Vorwand, mit dem sie sich einredete, dass sie ihn sehen müsse. Allein.

„Ja, Miss Emily? Kann ich etwas für Sie tun?" Leroy stand, stolz und zurückhaltend, die Augen auf den Boden gerichtet, an der Tür des Schulhauses. Allein schon bei seinem Anblick errötete sie. Er war groß und breitschultrig wie sein Vater, aber kräftiger und stärker. Sein Profil erinnerte sie an eine Statue, die einer der Künstler, von denen sie in der Schule gelernt hatte, geschaffen hatte. Er hatte ein vornehmes, gemeißeltes, ebenholzschwarzes Gesicht mit breiter Stirn, gerader Nase und dunkelbraunen, wachsamen Augen und weiche schwarze Locken, die ihm bis über die Ohren fielen.

Während sie so mit ihm im Türrahmen stand, wo jeder sie sehen konnte, wurde sie nervös. Aber sie wusste, dass das sicherer war, als sich zu verstecken. Viel sicherer. Trotzdem stockte ihr die Stimme, als sie zu sprechen versuchte. „Ich ... ich wollte ..." Sie räusperte sich. „Ich muss mit dir über die Delegation sprechen, die nach Atlanta fährt. Ich habe Angst um euch."

Leroy kniff die Augen zusammen. „Wovor genau haben Sie Angst, Miss Emily?"

Nicht Miss Emily! Einfach Emily! Sag einfach Emily zu mir! Wir sind gleich.

Wie viel konnte sie sagen? Wie viel sollte sie sagen? „Leroy, du weißt, was mit Mr Ashburn passiert ist. Der Klan hat diesen Weißen, der so viel für die Sache der Schwarzen getan hat, in seinem eigenen Haus ermordet."

„Das ganze Land weiß, was mit Mr Ashburn passiert ist, Miss Emily. Das war erst der Anfang der Gräueltaten des Klans in Georgia. Seitdem haben wir noch viel Schlimmeres gesehen."

„Ja, natürlich." Wieder tauchte vor ihrem geistigen Auge das Bild von Washington auf, der von einem

Ast baumelte. „Ja, ich weiß, aber ich fürchte, dass die Gefahr für dich jetzt größer ist, da du als Delegierter für Georgia nominiert bist. Vater hat Angst, dass es der Klan auf dich abgesehen haben könnte. Und ich auch. Bitte, kannst du nicht einfach Prediger bleiben? Musst du unbedingt die Politik mit dem Glauben vermischen?"

Leroy war nach draußen gegangen und lehnte sich an das Geländer der Schulhausveranda. „Ich kann nicht anders, Miss Emily. Ich will so viel wie möglich über Jura lernen und als Abgeordneter kandidieren, genauso wie es Washington vorhatte. Delegierter zu sein ist der nächste Schritt." Er atmete tief ein und sein Blick wanderte zu den Baumwollfeldern. „Wir leben in einer kritischen Zeit, Miss Emily. Wir Schwarzen. Wir müssen Fortschritte erreichen, solange den Ex-Konföderierten das Wahlrecht verweigert wird. Kein Schwarzer, der seinem Gott treu sein will, kann die Augen vor der Politik verschließen. Beides geht Hand in Hand, Miss Emily: das Wort Gottes predigen und gleichzeitig meinem Volk helfen, dass es seine Rechte behält und in der Welt weiterkommt."

„Aber schau doch, das sie Washington angetan haben! Aus dem Grab kannst du niemandem helfen. Bitte überleg es dir doch noch einmal."

Als Leroy sie anschaute, waren seine Augen hart.

Normalerweise lag ein zärtlicher Blick darin, aber heute sah sie nur eine feste Entschlossenheit und eine große Traurigkeit. Sie würde diese Traurigkeit so gern vertreiben.

„Die Art des Weißen ist es, durch Angst einzuschüchtern. Solange wir Angst haben, spielt es keine Rolle, welche Gesetze erlassen werden. Kein Schwarzer wird es wagen, zur Wahl zu gehen, wenn er glaubt, dass dann der Klan vor seiner Tür steht." Jetzt drehte er sich zu Emily herum. „Aber ich habe keine Angst, sondern ich werde kandidieren. Wir dürfen uns doch von der Angst und dem Terror nicht unterkriegen lassen. Unsere Freiheit steht auf sehr wackeligen Beinen, Miss Emily."

Sie nickte, musste sich aber auf die Lippe beißen, um ihre Tränen zurückzuhalten. „Ich muss nach Hause. Mutter wird sich Sorgen machen." Sie sehnte sich danach, seine Hand zu berühren. Nur eine kurze Berührung, um ihm zu zeigen, dass er ihr nicht gleichgültig war.

Oh nein, er war ihr nicht gleichgültig. Ganz im Gegenteil.

Sie liebte ihn.

Jede Nacht lag sie unruhig im Bett und versuchte, sich eine Zukunft mit Leroy auszumalen. Und jede Nacht wusste sie, dass dieser Traum absolut unmöglich war. Das Gesetz verbot, dass eine weiße Frau einen Schwarzen heiratete. Warum liebte sie ihn dann nur so sehr?

Emily verabschiedete sich und ging den Weg hinauf zum Haus. Mutter hatte sie gebeten, heute nach dem Unterricht sofort nach Hause zu kommen, da Thomas wieder zum Abendessen kam. Mutter hoffte, er würde ihr einen Heiratsantrag machen. Und Emily? Sie hoffte auf das Gegenteil.

Anna stand vor dem ovalen Spiegel und bewunderte ihr neues lila Kleid mit den zarten Spitzen, die über den Boden strichen. „Emily, es ist perfekt! Mein erstes neues Kleid nach so langer Zeit! Danke!"

Emily ließ sich die Umarmung ihrer kleinen Schwester gern gefallen. Mit ihren 16 Jahren war Anna faszinierend und klug. Sie verdiente es, schön auszusehen. Emily hatte kein Interesse, die Blicke irgendeines jungen Mannes auf sich zu ziehen. Abgesehen von Leroy. Vielleicht würde Thomas heute Abend erkennen, wie hübsch Anna war.

Sie hörte ihre Mutter auf der Treppe und durchsuchte eilig ihren Kleiderschrank, um ein Kleid zu finden, das Mutter als passend akzeptieren würde.

„Du siehst sehr hübsch aus, Anna! Woher hast du dieses Kleid?“

„Oh, Mutter! Emily hat es mir von dem Lehrerinnengehalt gekauft, das sie von der Missionsgesellschaft bekommt. Hast du je ein so schönes Kleid gesehen?“

Mutter schaute Emily an. „Hast du dir denn selbst auch ein Kleid gekauft?“

„Oh, nein“, tat Emily ihre Frage ab. „Ich habe doch mehrere schöne Kleider, aus denen ich auswählen kann.“

„Tatsächlich?“, fragte Mutter, aber in ihrer Stimme schwang eine leichte Gereiztheit mit.

Während des gesamten Essens warf Thomas Anna immer wieder bewundernde Blicke über den Tisch zu, wie Emily befriedigt feststellte. Anna hatte einen starken Charakter, aber sie war anders als Emily. Sie würde nie etwas tun, das den Überzeugungen und Wünschen ihrer Eltern widersprach. Daher würde sie auch die Ehefrau sein können, die Thomas verdiente.

Die Ehefrau, die Thomas verdiente.

Wer war sie, dass sie so etwas für ihn entscheiden wollte? Im Stillen tadelte Emily sich dafür, dass sie schon wieder versuchte, etwas zu kontrollieren, das sie nicht in der Hand hatte. Dass sie sich erneut in etwas einmischte, das nicht in ihrer Verantwortung stand. Hatte sie denn nicht gesehen, dass durch Dreiecksbeziehungen viel Schaden angerichtet wurde? In der Bibel gab es dafür viele Beispiele, und auch die Geschichte war voll davon. Jakob mit Rahel und Lea. Anne und Mary Boleyn, die um die Gunst Heinrichs VIII. buhlten. Wagte sie es, ihre Schwester durch Gefühle für Thomas zu belasten? Sie machte sich Vorwürfe. Auch wenn Thomas Anna bewunderte, wusste sie, wussten alle, dass er eigentlich Emily liebte.

Und wie soll ich damit umgehen, Herr? Wahrscheinlich hast du etwas im Sinn, das ein wenig edler ist, als meiner Schwester ein Kleid zu kaufen.

Sie hatte nicht die Absicht, Thomas das Herz zu brechen. Der Herr müsste ihr eine bessere Lösung zeigen. Und zwar bald.

Nach dem Abendessen ging sie mit Anna, Thomas und ihren Eltern in den Garten, wo die Rosen in voller Blüte standen. Im Hintergrund lagen die Baumwollfelder. Die reife Baumwolle sah wie ein weißes Meer aus. Vater legte die Arme um seine Töchter. „So

Gott will, werden wir dieses Jahr eine gute Ernte haben. Die Felder tragen, dank Gottes Erbarmen, viel Frucht."

Auch Emily beschäftigte dieses Thema. Vor dem Krieg war die Plantage ihres Vaters eine von vielen gewesen, die ihren Beitrag zu den 700.000 Ballen Baumwolle geleistet hatten, die im Süden produziert wurden. Aber in den letzten zwei Jahren hatte die Gesamtproduktion nur ein Viertel der früheren Erträge erreicht, und die Plantagen standen kurz vor dem Ruin.

Morgen würden Leroy, Sam und Tammy zusammen mit den anderen Freigelassenen auf die Felder gehen, als Naturalpächter und nicht mehr als Sklaven, und in langen, mühsamen Arbeitsstunden die Ernte einbringen.

Sie fühlte eine Hand an ihrem Ellbogen. Als sie sich umdrehte, sah sie Thomas neben sich stehen.

„Meine liebe Freundin, meine liebe Emily."

Sie fühlte, wie ihr Körper bei seinen zärtlichen Worten steif wurde, doch dann entspannte sie sich wieder, als er ihren Ellbogen ergriff und sie durch den Rosengarten führte.

„Weißt du, welche Erinnerungen mir während des Krieges die Kraft gaben weiterzumachen?"

„Nein, das weiß ich nicht."

„Die Erinnerung, wie du und ich als Kinder über diese Felder geritten sind.“

Emily lachte. „Ja, das waren schöne Zeiten, nicht wahr? Damals waren wir unbesiegbar. Es ist, als würden diese Ausritte zu einem völlig anderen Leben gehören.“

„Es wäre mir eine große Freude, wenn wir wieder gemeinsam ausreiten würden. Könntest du dir vorstellen, dir den nächsten Samstagnachmittag frei zu halten? Für einen Ausritt und ein Picknick?“

„Das wäre nett“, antwortete sie, bevor sie genauer darüber nachdachte.

„Es wird bestimmt genauso wie in den alten Zeiten.“ Dabei schaute er sie so aufmerksam an, dass sie sich kaum zu fragen wagte, was genau er damit meinen könnte.

Kapitel 5

Natürlich konnte Emily die Einladung von Thomas, mit ihm auszureiten, nicht ausschlagen. War sie nicht schon an so vielen Nachmittagen mit ihm über die staubigen Felder geritten, auf denen die Baumwolle abgeerntet worden war? Unbeschwert und fröhlich?

Vor dem Krieg.

Sie schloss die Augen und war wieder vierzehn. Sie galoppierte mit voller Geschwindigkeit auf ihrer braunen Stute, Brandy, während Thomas auf Trooper lachend vorausritt. Trooper, sein stahlgrauer Wallach, war das schönste Pferd, das Emily je gesehen hatte.

Jetzt war er wieder zu Hause und ritt auf Trooper neben ihr her. Der graue Apfelschimmel hatte eine flachsfarbene Mähne und einen flachsfarbenen Schweif. Sie hatte noch nie ein anderes Pferd mit dieser Farbkombination gesehen. Unter Thomas' festen Zügeln hob Trooper den Kopf. Als Thomas seinen Griff lockerte, schüttelte der Wallach so vehement den Kopf, dass sein ganzer Hals vibrierte und seine faszinierende, flachsfarbene Mähne in alle Richtungen tanzte.

„Trooper hat den Krieg gut überstanden", stellte Emily fest. „Er ist immer noch genauso schön wie an dem Tag, an dem ich ihn zum ersten Mal gesehen habe."

„Er ist das klügste Pferd auf diesem Planeten. Und das tapferste, Emily. Schon oft hat er mir das Leben gerettet." Thomas tätschelte den Hals des Pferdes. So als hätte Trooper verstanden, was Thomas gesagt hatte, warf er den Kopf zurück. Emily schaute Thomas in die Augen. Aber sie sah darin kein Lachen, nicht diese Unbeschwertheit von früher. Aus seinen Augen sprach eine tiefe Traurigkeit, die fast einem Grauen gleichkam.

„Er ist treu. Deshalb bin ich der Einzige, der ihn reitet. Er weiß, dass ich ihm vertraue."

Sie konnte es nicht ertragen, dass die Erinnerungen Thomas so sehr quälten. „Komm!", rief sie und trieb Brandy zum Trab und dann zum Handgalopp an. „Wir reiten um die Wette!“

Einen Moment später hatte Thomas schon die Führung übernommen. Er saß über den Hals des Wallachs gebeugt in seinem Sattel, während die flachsfarbene Mähne in sein Gesicht peitschte und Emily ihm folgte. Sie zerbrach sich nicht mehr wegen der Andeutungen, er wolle ihr vielleicht einen Heiratsantrag machen, den Kopf, sondern dachte nur an die Freundlichkeit, den Mut und die Fröhlichkeit, die früher aus den Augen ihres Freundes gesprochen hatten, wenn sie miteinander ausgeritten waren. Ob sie diese Eigenschaften je wieder darin sehen würde?

Später machten sie es sich auf einer Decke gemütlich und genossen das Picknick, das Gladys so liebevoll für sie eingepackt hatte. Als sie es halb aufgegessen hatten, wirkte Thomas schon etwas entspannter, und doch wusste sie, dass er sich nicht wohlfühlte. Ihre unablässigen Fragen quälten ihn. Sie sollte mit diesem Thema aufhören, aber das konnte sie nicht. Warum musste sie ausgerechnet all das ansprechen, was sie trennte? Eigentlich sehnte sie sich doch danach, dass ihr Freund wieder ein wenig Freude in seinem

Leben fand. Aber ihre Zunge wollte ihr einfach nicht gehorchen.

„Und du stehst hinter dem Klan? Du kannst diesen Terror doch unmöglich unterstützen, Thomas! Diese Barbarei! Dieses Gemetzel!“

Sie merkte, dass ihr Gesicht errötete, dass ihr Temperament mit ihr durchging. Sie schloss einen Moment die Augen und schickte ein Stoßgebet gen Himmel. Herr, hilf mir, meine Zunge zu beherrschen. Sie hasste ihre voreiligen, unsensiblen Worte, besonders als sie sah, was sie ihm damit antat.

„Emily, ich habe einen Krieg hinter mir, der nichts anderes war als Barbarei und Gemetzel. Ich verschone dich mit Details. Als Krankenschwester, die die Verwundeten und die Sterbenden gepflegt hat, hast du es ja mit eigenen Augen gesehen. Du weißt also, was wir Soldaten uns gegenseitig angetan haben.“

Als er sie kurz anschaute, glaubte sie, Tränen in seinen hellblauen Augen zu sehen. Er drehte sich um und starrte auf das Feld hinaus. „Ich stand auf einem Hügel in Virginia und musste mit ansehen, wie ein Junge in der Unionsarmee – ein Junge, der jünger war als ich selbst, Emily! – sein Gewehr auf meinen Bruder richtete und, ohne mit der Wimper zu zucken, abdrückte. Ich habe gesehen, wie die Kugel Joseph zerfleischte. Dann habe ich selbst kaltblütig gezielt und diesen Jungen der Unionsarmee getötet. An jenem Tag habe ich fünf Männer getötet. Nein: Es waren fünf Jungen. Ich bin auf Trooper angaloppiert und habe sie gnadenlos erschossen." Thomas schaute ihr in die Augen. „Wahrscheinlich wollte ich eine Art heilige Rache. Aber das hat mir nicht gutgetan und es hat mir meinen Bruder auch nicht zurückgebracht. Er starb in einer Blutlache, während ein Fliegenschwarm um seinen Kopf surrte. Ich konnte ihn nur an mich drücken, als die Schlacht vorbei war, und weinen. Und ich weiß, dass ich genauso ein Mörder war wie alle anderen."

Die Tränen schossen ihr so schnell in die Augen, dass sie sie nicht aufhalten konnte. Im nächsten Moment liefen sie ihr schon über die Wangen. Ohne nachzudenken, beugte sie sich vor und drückte Thomas die Hand. „Das tut mir so leid. Bitte vergib mir, dass ich solche schmerzlichen Erinnerungen bei dir wachrufe."

Aber anstatt auf ihre Berührung zu reagieren, saß er nur steif und beinahe kalt da. Es sah fast so aus, als wäre er in Trance, oder noch schlimmer, als liefen die Szenen jenes Tages immer wieder in seinem Kopf ab.

Schließlich entzog er ihr seine Hand und flüsterte: „Nein, Emily, ich billige den Klan nicht. Und doch frage ich mich manchmal, ob ich wirklich anders bin als diese Männer? Manchmal frage ich mich, ob mein Hass genauso stark ist wie ihrer. Manchmal erschrecke ich vor dem, was der Krieg aus mir gemacht hat." Jetzt schaute er ihr endlich in die Augen. „Und ich frage mich, ob dieser Mann immer noch in einem gottverlassenen Winkel meiner Seele lebt."

Emily starrte zur Zimmerdecke hinauf. Es war schon weit nach Mitternacht und sie konnte nicht aufhören, an Thomas' Augen zu denken, an seine Stimme, die gebrochen und fast angsterfüllt geklungen hatte. „Vergib mir, Herr", flüsterte sie in die Nacht hinein. „Ich habe ihn verletzt. Das wollte ich nicht. Ich lerne es anscheinend einfach nicht, mich zu beherrschen. Ich kann meine Zunge nicht zügeln, sondern spreche einfach aus, was mir gerade durch den Kopf geht."

Sie dachte an Miss Lillian. An ihre stille Weisheit, ihre festen Überzeugungen, ihre Friedfertigkeit. Ja, Emily vertraute Gott, sie versuchte, Jesus nachzufolgen. Sie gehorchte ihm, sagte sie sich. Ihr lagen die Freigelassenen am Herzen und sie sprach sich für ihre Rechte aus. Und doch war ihr Eifer von einem gerechten Zorn begleitet. Sie fühlte keinen Frieden.

Entschlossen schlüpfte sie aus dem Bett und ging

auf die Knie. „Ich will deinen Frieden, lieber Herr. Ich will tun, was richtig ist. Aber nicht aus Hass, sondern aus Liebe. Ich bekenne, dass ich den Klan hasse. Ich hasse sie alle, und ich hasse den Terror, den sie über dieses Land bringen. Ich weiß nicht, wie ich mit diesem Hass umgehen soll, Herr. Ich habe einfach keine Ahnung."

Nach einem kurzen Moment erhob sie sich wieder von ihren Knien und ging ins Bett. Sie sah Thomas' traurige Augen, dann dachte sie an Leroys Augen und den Stolz und die Entschlossenheit, die daraus leuchteten. In diesem Moment wusste sie nicht, was ihr mehr Angst einjagte.

„Darf ich Ihnen eine Frage stellen, die ziemlich persönlich ist, Miss Lillian?"

Die Lehrerin, die damit beschäftigt war, die Bücher auf einen Stapel zu legen, drehte sich zu ihr um und lächelte. „Natürlich, Emily. Was hast du auf dem Herzen?"

„Wie haben Sie so viel Selbstbeherrschung gelernt? Und Frieden? Und Weisheit? Was haben Sie getan, um der Mensch zu werden, der Sie heute sind? Oder waren Sie schon immer so?"

Miss Lillians herzhaftes Lachen überraschte Emily. „Vergib mir, Emily. Du bist wahrscheinlich der erste Mensch, der glaubt, ich hätte diese Eigenschaften. Das ist nett von dir. Aber ich kann dir versichern, dass mein Mann nie so etwas über mich gesagt hat."

„Sie sind verheiratet?" Sie hatte immer gedacht, Miss Lillian wäre unverheiratet. Sie konnte sich nicht recht vorstellen, dass sie ihren Mann im Norden zurückgelassen hatte, um hierherzukommen und den Schwarzen zu helfen.

„Ich bin verwitwet. Seit Jahren." Sie schwieg eine Weile. „Mein lieber Mann hat sehr vieles ertragen. Unter anderem musste er über sich ergehen lassen, dass ich meine Meinung zur Sklaverei immer sehr vehement vertreten habe. Natürlich war er selbst auch gegen dieses Unrecht und hat als Colonel für die Union gekämpft. Er ist 1863 im Krieg gefallen." Ihr Blick wanderte in die Ferne und sie versank in ihren Gedanken.

„Es tut mir so leid, das zu hören."

Miss Lillian drehte sich zu Emily herum. „Ja, es war grauenhaft. Aber ich will heute nicht in diesen Erinnerungen versinken. Du hast gefragt, wie ich Selbstbeherrschung, Frieden und Weisheit gelernt habe. Der Herr hat mir einen Mann geschenkt, der mir diese Dinge vorgelebt hat. Irgendwie hat sein Vorbild wahrscheinlich auf mich abgefärbt, nachdem wir viele Jahre zusammengelebt hatten."

„Ich muss also warten, bis ich einen solchen Mann finde?"

Miss Lillian lachte wieder. „Natürlich nicht. Gott wird dich auf seine Weise und zu seiner Zeit lehren. Er hat meinen Mann gebraucht, um mir zu zeigen, wie scharf meine Zunge war, wie schnell ich den Menschen verletzen konnte, den ich am meisten liebte. Ich glaube, der Heilige Geist hat an mir gearbeitet, nachdem ich meinen Mann tief verletzt hatte."

Emily wagte nicht zu fragen, was Miss Lillian ihrem Mann angetan hatte. Der schmerzhafte Blick in den Augen der Frau verriet ihr, dass sie sich nur ungern daran erinnerte. Nach einem langen Schweigen fragte Emily: „Wie hieß er?"

„Sein Name war Benjamin."

„Haben Sie Kinder?"

„Nein, wir konnten nie Kinder bekommen. Aber ich habe diese ganzen Menschen in meinem Herzen adoptiert."

Emily hatte noch hundert andere Fragen, die sie Miss Lillian gern gestellt hätte, aber ihre Freundin sagte: „Bitte den Herrn weiterhin, dich Weisheit und Selbstbeherrschung zu lehren und dir seinen Frieden zu schenken." Sie legte den Kopf schief. „Sein Friede fühlt sich anders an als der Friede, den wir ganz natürlich empfinden, wenn ein schöner Tag ist und alles auf der Welt gut zu sein scheint. Sein Friede kommt an den härtesten Tagen. Das klingt geheimnisvoll und übernatürlich. Aber du kannst ihn um diesen Frieden bitten, Emily."

Als sie gegangen war, dachte Emily noch lange über Miss Lillians Worte nach. Sie hatte Thomas verletzt. Das musste sie in Ordnung bringen. Sie würde einen Weg finden, ihm freundlich und nett zu sagen, was sie dachte, auch wenn sie ihm damit womöglich das Herz brach. Und sie würde für diesen besonderen Frieden beten. Miss Lillian hatte gesagt, dass er übernatürlich war. Emily glaubte nicht, dass sie so etwas schon jemals erlebt hatte.

Kapitel 6

Von allen Fortschritten, die die Schwarzen seit der Befreiung gemacht hatten, war das Kirchengebäude eine der wichtigsten Errungenschaften. Früher hatten sich viele Sklaven in den Südstaaten sonntags noch vor Tagesanbruch heimlich auf den Feldern getroffen, weil sie den Zorn ihrer Herren hatten fürchten müssen, falls sie beim Gottesdienst erwischt wurden. Andere hatten stumm in den hinteren Reihen der Kirche der Weißen gesessen. Jetzt genossen sie die Freiheit, in ihrer eigenen Kirche auf ihre eigene Weise mit Freude und Ausgelassenheit ihre Gottesdienste zu feiern. Emily hatte den Eindruck, dass sie Gott mit ihrem ganzen Körper und mit ihrer ganzen Seele anbeteten.

Sie wünschte, wenigstens ein kleiner Funke der Begeisterung und Leidenschaft, die sie bei den Schwarzen sah, könnte auf die weiße methodistische Kirche überspringen, die ihre Familie besuchte.

Heute Morgen hätte sie lieber nicht zur Kirche der Schwarzen gehen sollen, aber sie konnte nicht anders. Vielleicht konnten keine Gebete – nicht einmal leidenschaftliche Gebete – etwas ändern, wenn ein Herz vor Liebe ganz krank war. Sie redete sich ein, dass sie den Schwarzen nur beim Singen zuhören wollte. In Wirklichkeit aber wollte sie Leroy predigen hören. Sie wollte ihn sehen, denn er war erst vor Kurzem aus Atlanta zurückgekommen.

Sie war so in ihre Gedanken versunken, dass sie Sam, der an der Kirchentür stand und ihr entgegenblickte, erst bemerkte, als sie schon fast bei der Kirche angekommen war.

„Sie sollten nicht hier sein, Miss Emily. Gehen Sie nach Hause und besuchen Sie Ihre eigene Kirche."

„Aber ich will Leroys Predigt hören."

Sam trat auf sie zu. Tiefe Falten standen auf seiner Stirn und er deutete mit seinen langen, dünnen Fingern zum Herrenhaus. „Miss Emily, es kommt nichts Gutes dabei heraus, wenn Sie bei uns bleiben. Wir wollen einfach den Herrn hier in unserer kleinen Kirche anbeten. Gehen Sie jetzt."

Sie nickte und ging die Stufen von der Veranda der neu aufgebauten Kirchen wieder herunter. Doch sobald Sam in der Kirche verschwunden war, machte sie kehrt und versteckte sich an der Seite des Schindelgebäudes. Als Leroys Stimme durch das offene Fenster drang, spitzte sie ihre Ohren.

„... Und so sind wir wie diese Israeliten, die dem mächtigen Anführer Mose zum Roten Meer folgten! Ja, das sind wir! Und wir marschieren in unser verheißenes Land! Amen!"

Ein lautes Amen ertönte in der vollen Kirche, in der sich über 80 Gläubige drängten, um Gott anzubeten.

Sie lauschte Leroys starker, kräftiger Stimme, schloss die Augen und sah sich im Geiste als junges Mädchen, das neben ihm Baumwolle gepflückt hatte. Der Krieg hatte Emily gezwungen, auf die Felder zu gehen. Sie hatte diese Arbeit gern gemacht, weil sie dadurch in der Nähe ihres Freundes konnte sein.

„Ich habe noch nie eine so abgehärtete weiße Frau wie Sie gesehen", hatte Leroy damals gesagt.

Als Emily die Stirn gerunzelt hatte, hatte er den Kopf zurückgeworfen und gelacht. „Das war ein Kompliment, Miss Emily. Das wissen Sie. Sie arbeiten genauso wie wir Sklaven hier draußen unter der heißen Sonne. Das ist nicht richtig."

„Wir sind gleich, Leroy. Vor Gott sind wir alle gleich.

Und wenn dieser Krieg vorbei ist, wirst du das sehen. Dann wirst du frei sein und dann kannst du dir aussuchen, welche Arbeit du machen willst. Dann bist du genauso frei wie ich!"

Er hatte lachend den Kopf geschüttelt und nur gesagt: „Meine Güte, Miss Emily! Sie haben wirklich viel Fantasie."

Jetzt war Leroy nicht nur frei, sondern auch Prediger unter den Freigelassen und Delegierter. Das bedeutete, dass er als möglicher Kandidat bei den nächsten Wahlen infrage kommen könnte. Emily hörte Leroy wieder sagen, dass es für ihn unmöglich sei, eine Trennung zwischen Religion und Politik zu vollziehen. Ein Prediger hatte die Pflicht, die politischen Interessen seines Volkes zu schützen. Emily dachte an Washington und erschauerte.

Leroys Stimme wurde kräftiger und ein starker Ärger schwang in seinen Worten mit. „Ich war in Atlanta und will euch erzählen, was dort passiert ist: Sie haben uns unsere Rechte weggenommen. Sie haben uns aus der Politik gedrängt. Die konservativen Demokraten – und auch einige weiße Republikaner – der Generalversammlung haben unseren drei schwarzen Senatoren und 25 schwarzen Abgeordneten ihre Ämter weggenommen. Sie haben alle hinausgeworfen! Sogar die, die nur zu einem Achtel schwarz sind!"

Emily hörte, wie die Menschen in der Kirche entrüstet murmelten und protestierten: „Das darf nicht wahr sein!"

„Es ist wahr, meine Brüder und Schwestern. Ich war dort und habe mit eigenen Ohren die Rede gehört, die Henry McNeal Turner am 3. September in Atlanta hielt. Seine Rede stand unter der Überschrift: Über die Wählbarkeit farbiger Mitglieder für Sitze im Parlament von Georgia.

Mr Turner ist ein gebildeter Schwarzer, einer der drei schwarzen Freigelassenen, die als Abgeordnete ins Parlament des Bundesstaates Georgia gewählt wurden. Ihr hättet ihn sehen müssen, als er so groß und stolz da oben stand und die anderen Abgeordneten mit seinen gut gewählten Worten herausforderte."

Es folgte eine Pause. Emily strengte ihre Ohren an, um zu hören, was in der Stille geschah. Papier raschelte. Dann hörte sie wieder Leroys Stimme.

„Ich lese euch einen Teil von Mr Turners Rede vor. Er hat gesagt: ‚Das Bild, das sich heute in diesem Parlament zeigt, ist in der Weltgeschichte einmalig. Seit dem Tag, an dem Gott Adam das Leben einhauchte, hat es so etwas noch nie gegeben. Noch nie in der Weltgeschichte wurde ein Mann vor einem Gremium mit legislativer, judikativer oder exekutiver Gewalt des Vergehens angeklagt, dass seine Haut dunkler ist als die seiner Mitmenschen.'"

„Amen! Amen!", hörte Emily die anderen Freigelassenen zustimmend rufen.

Leroy las weiter: „‚Noch nie in der Geschichte der großen Nationen dieser Welt - noch nie! - wurde ein Mensch eines Vergehens angeklagt, das der Gott des Himmels selbst begangen hat.'"

Wieder ertönten zustimmende Rufe. Emily wurde ganz übel. Aus Leroys Stimme sprach so viel Redegewandtheit und Überzeugung. Sie konnte sich gut vorstellen, dass er eine ähnliche Rede wie Mr Turner halten würde. Und sie hörte den Zorn in seiner Stimme, die heilige Gerechtigkeit.

Sie trat vom Fenster zurück und eilte zum Haus hinauf, um in der Familienkutsche mit ihrem Vater, ihrer Mutter und Anna zur methodistischen Kirche in der Stadt zu fahren.

Kapitel 7

Die Stimmung auf der Plantage war gedrückt, als die Nachricht von einem Massaker in Süd-Georgia über die Telegrafenleitungen verbreitet und in den Zeitungen im ganzen Land abgedruckt wurde. Sogar Vater und Thomas hatten sich empört darüber geäußert. Jetzt richteten sich aller Augen im Schulhaus auf Emily, die den Artikel auf der Titelseite der Wilkes-County-Zeitung vorlas.

Mit belegter Stimme las sie die Schlagzeile: „Ein Dutzend Schwarze fielen in Camilla, Georgia, einem Massaker zum Opfer." Eine spürbare Angst legte sich über das Klassenzimmer.

Dann begann sie, den Artikel vorzulesen: „‚Obwohl unser Bundesstaat, Georgia, endlich die Anforderungen der Radikalen Rekonstruktion des Kongresses erfüllt hat und im Juli dieses Jahres wieder in die Union aufgenommen wurde, gibt es keinen Frieden. Anfang dieses Monats hat das Parlament von Georgia 28 neu gewählte Mitglieder ausgeschlossen, weil sie mindestens zu einem Achtel schwarz sind. Zu den Ausgeschlossenen gehörte der Abgeordnete Philip Joiner aus dem Südwesten Georgias. Gestern, am 19. September, führte Joiner zusammen mit zwei Männern aus den Nordstaaten, Francis F. Putney und William P. Pierce, einen 40-Kilometer-Marsch von Albany nach Camilla an, dem Verwaltungssitz von Mitchell County, um an einer politischen Kundgebung der Republikaner teilzunehmen. Mehrere Hundert Schwarze und einige Weiße nahmen daran teil.

Die Weißen in Mitchell County wollten diese republikanische Kundgebung verhindern. Sie postierten sich in verschiedenen Läden und eröffneten das Feuer auf die Teilnehmer des Marsches, als diese den Marktplatz von Camilla betraten. Zwölf Menschen wurden getötet und mindestens dreißig weitere wurden verwundet. Als die entsetzten Überlebenden nach Albany zurückflüchteten, griffen feindselige Weiße sie auf mehreren Kilometern der Strecke an. Das ist der schlimmste Fall von Rassengewalt, der seit dem Beginn der Rekonstruktion in Georgia bekannt ist.'"

Einige Schüler begannen zu weinen, andere stöhnten nur und schüttelten den Kopf. Schließlich stand Leroy auf und hob die Faust. „Sie wollen uns einschüchtern, damit wir nicht zur Wahl gehen! Aber wir lassen uns keine Angst machen!"

Obwohl seine Stimme stark und entschlossen war, klang das „Amen" aus dem Mund der anderen im Schulhaus weniger enthusiastisch. Emily fühlte die Angst in ihrem Bauch. Sie legte die Zeitung weg, vergrub den Kopf in ihren Händen und weinte.

Als die Kinder einige Tage später nach Unterrichtsschluss die Schule verließen und nach Hause gingen, versammelten sich die Freigelassenen wieder im Schulzimmer. Sie hatten um eine besondere Unterrichtsstunde gebeten, bei der sie nicht Lesen und Schreiben lernen wollten, sondern Selbstverteidigung. Ihr „Lehrer" war ein besonderer Gast: Colonel Willingham, ein Mann aus dem Norden, der 1866 nach Georgia gekommen war und sich leidenschaftlich für die Rechte der Schwarzen einsetzte.

Emily wusste, dass ihr Vater es ihr verboten hätte,

an diesem „Unterricht“ teilzunehmen, wenn er davon wüsste, aber da Miss Lillian blieb, wollte sie auch zuhören. Die beiden Frauen saßen still in der letzten Reihe.

Colonel Willingham stand vor den Freigelassenen und fragte: „Wie viele von euch haben im Krieg gekämpft?“

23 der 40 Männer im Raum hoben die Hand.

„Und wie viele von euch können mit einer Waffe umgehen?“ Dieselben Hände plus einige andere gingen in die Höhe.

„Ihr wisst, dass es nur sehr wenige Fälle gibt, in denen sich die Schwarzen gegen den Klan wehren? Euch ist bewusst, dass das Risiko eure vollständige Vernichtung ist?“

Emily wurde bei diesem Wort schwer ums Herz.

„Entschuldigen Sie, Sir“, sagte Leroy. „Aber haben Sie eine bessere Idee? Können wir etwas Besseres tun, als uns zu verteidigen?“

Zunächst antwortete der Colonel nicht. Schließlich schaute er Leroy an und sagte: „Was ihr tut, ist richtig, Männer. Der Herr sei uns allen gnädig.“

Sam stand mit einem alten Gewehr in der Hand auf. „Es geht das Gerücht um, dass sich die Schwarzen auf der Philips-Plantage dem Klan widersetzt haben.“

Mehrere Männer nickten bestätigend.

„Jemand hat sie vorgewarnt“, teilte Leroy den Männern mit. „Wenn wir mit unseren Waffen bereit sind und wenn der Herr im Himmel gnädig ist und uns rechtzeitig warnt, können wir den Klan bestimmt abwehren.“

„Von wem kam die Vorwarnung?“, wollte ein anderer Freigelassener wissen.

„Man erzählt sich, dass zwei Freigelassene es von jemandem gehört haben, der sich in die Klan-Treffen eingeschlichen hat.“

Emily dachte an die Nachricht, die im letzten April unmittelbar vor dem Überfall des Ku-Klux-Klans durch die Schulhaustür geflogen war. *Der Klan kommt.* Sie erinnerte sich an die kindlich wirkenden Blockbuchstaben. Ja, damals hatte jemand vorher Bescheid gewusst. Zweifellos ein Freigelassener. Aber die Warnung war zu spät gekommen.

Mit einem Schaudern dachte sie an das Risiko, das ein Freigelassener auf sich nahm, wenn er den Ku-Klux-Klan ausspionierte. Und wenn Leroy beschloss, das auch zu machen?

Kapitel 8

Emily versuchte, sich auf den Unterricht zu konzentrieren, obwohl ihr der Schweiß über den Rücken lief. Die Männer waren draußen auf den Feldern und ernteten die Baumwolle, während die Frauen und Kinder im Schulhaus saßen und schwitzten. Doch Emily konnte an nichts anderes denken als an die Worte ihres Vaters: „Ein Sturm zieht auf."

Ihr war schwer ums Herz geworden, als er diese Worte am Morgen gesagt hatte. Wenn es tatsächlich Regen gab, könnte der Rest der Baumwollernte genauso ruiniert werden wie vor ein paar Jahren, 1865.

„Der Regen schwächt die Baumwollfaser. Wenn es zu viel regnet, muss man tatenlos dabei zusehen, wie die

ganze mühsame Arbeit umsonst war." Die Erklärung, die ihr Vater ihr vor Jahren gegeben hatte, ging ihr wieder durch den Kopf.

Am Himmel schien immer noch die Sonne, aber auf einer Seite zogen graue Wolken auf.

Die Männer würden unmöglich die ganze Baumwolle rechtzeitig ernten können. Emily hielt es keine Sekunde länger aus.

„Kinder, heute gibt es eine andere Art von Unterricht", verkündete sie. „Heute lernen wir, was es bedeutet: ‚Viele Hände schaffen ein rasches Ende.' Dieser Ausspruch stammt von einem weisen Mann namens John Heywood. Seht ihr die Gewitterwolken aufziehen? Wir müssen die Baumwolle ernten, bevor das Gewitter losbricht. Wie viele von euch haben schon einmal Baumwolle geerntet?"

Jedes Kind, das älter war als zehn, hob die Hand.

„Seid ihr bereit, heute bei der Ernte zu helfen?"

Die Kinder grinsten und antworteten fast wie aus einem Munde: „Ja, Ma'am, Miss Emily. Wir können das. Wir helfen. Ja, Ma'am, wir sind dabei."

Die Wolken am Himmel waren fast schwarz und die Hände der Kinder waren vom vielen Baumwollpflücken schon ganz blutig. Trotzdem weigerten sie sich, die Felder zu verlassen. Emily wischte sich mit der Hand übers Gesicht und pflückte weiter. Sie konnte sich kaum noch aufrecht halten, so sehr schmerzte ihr der Rücken von dem ständigen Bücken.

„Kommen Sie jetzt, Miss Emily. Es wird Zeit, dass Sie zum großen Haus hinaufgehen", sagte Sam, dessen große, dürre Gestalt staub- und schweißbedeckt war. „Sie und Miss Lillian haben uns allen heute sehr geholfen, weil sie den Unterricht ausfallen ließen, damit die Kinder und Frauen helfen konnten. Aber das Gewitter ist gleich da."

„Aber, Sam, es ist noch so viel Baumwolle übrig. Wir dürfen noch nicht aufhören. Ich pflücke, wenn es sein muss, die ganze Nacht weiter." Sie richtete sich auf, legte die Hand an die Stirn und schaute mit zusammengekniffenen Augen auf das Feld. „Ein wenig Regen hat noch niemandem geschadet, Sam", beharrte sie. „Wir müssen weitermachen. Die Kinder können zum Essen nach Hause gehen. Jeder, der gehen will, kann das tun. Aber ich bleibe. Ich pflücke diese Baumwolle für meinen Vater. Ich tue das für ihn."

„Ja, Miss Emily. Das glaube ich Ihnen."

Ihr war klar, dass er ihr das nicht glaubte. Sam wusste genauso gut wie alle anderen, dass Emily die Baumwolle pflückte, damit die Naturalpächter genug

Einnahmen hatten, um ein weiteres Jahr in Freiheit zu überleben.

Ihr entging Sams Lächeln nicht. Der Himmel war schwarz, als Emily den ersten Blitz auf das Feld niedergehen sah. Bei dem Donner, der dem Blitz unmittelbar folgte, zuckte sie zusammen. Das grelle Licht erhellte das Feld so gut, dass sie die anderen Arbeiter sehen konnte, die Männer und die Frauen, die immer noch pflückten.

„Lauft in die Hütten!“, erscholl Sams tiefe Stimme über die Felder, als die ersten kleinen Tropfen fielen. Sie hatten den ganzen Tag pausenlos Baumwolle gepflückt und die vollen Säcke in den Lagerschuppen geschleppt. Jetzt mussten sie sich beeilen, um noch die letzten Säcke in den Schuppen zu bringen, bevor der Regen sie völlig durchnässte.

Emily hatte gerade ihren Sack hochgehievt und steuerte auf den Schuppen zu, als ein Blitz den Himmel zerriss und wie ein messerscharfer Dolch direkt vor ihren Füßen einschlug. Sie schrie bei dem stechenden Schmerz, der sie durchbohrte, und fiel zu Boden.

Als sie aufwachte, beugte sich Tammy über sie und ein furchtbarer Schmerz schoss ihr durch den Kopf.

„Jesus sei gelobt! Sie hat die Augen aufgemacht.“ Tammys Stimme klang wie von weither.

Jetzt hörte sie Sam sprechen. „Miss Lillian ist zum Haus gelaufen, um die Herrin zu holen. Sie wird bald hier sein.“

Emily versuchte zu sprechen, aber ihr fehlte dazu die Kraft. Sie brachte nicht einmal die Energie auf, um den Mund aufzumachen. Und die Schmerzen in ihrem Kopf!

Sie hörte noch eine andere Stimme. Leroy. „Zuerst habe ich gedacht, sie wäre tot. Ich habe gesehen, wie der Blitz niederging, als würde ihn der Teufel persönlich nach ihr werfen. Sie lag neben ihrem Sack und war weißer als die Baumwolle.“

„Herr, sei uns gnädig! Was hätten wir ihrer Mama gesagt, wenn der Blitz sie getötet hätte?“

Emily strengte ihre Ohren an, um den Rest zu hören. Leroy hatte gesehen, wie es passiert war. Leroy hatte sie gefunden.

„Ich habe sie schnell aufgehoben, aber diese verdammten Blitze haben uns bis zum Lagerschuppen verfolgt. Es ist ein Wunder, dass wir noch leben.“

Er hatte sie aufgehoben! Leroy hatte sich gebückt, ihre weiße Haut berührt und sie auf seinen Armen getragen. Und sie hatte nicht die geringste Erinnerung daran. Nur diese stechenden Kopfschmerzen, die durch den Hagel, der auf das Dach der Hütte prasselte, noch verstärkt wurden.

Kapitel 9

„Ich verstehe nicht, wie du das überlebt hast, Emily!“, sagte Anna, die sich über das Bett ihrer Schwester beugte. „Tammy hat mir immer wieder erzählt, dass du dich vehement geweigert hast, die Felder zu verlassen.“

Emily versuchte zu lächeln. Auch zwei Tage nach dem Gewitter hatte sie immer noch starke Kopfschmerzen. „Ich bin dem Herrn dankbar, dass er mein Leben verschont hat. Das alles geschah so plötzlich. Sam rief die Warnung, und im nächsten Moment war der Himmel plötzlich ganz hell, als würde ein Feuerwerk entzündet. Dann sind wir alle zum Lagerschuppen gelaufen und die Blitze haben mich verfolgt.“ Sie schloss die Augen und erschauerte. „Es war beängstigend. Als hätte ich versucht, die Natur zu besiegen, und erkannt, dass ich überhaupt keine Macht habe. Absolut keine Macht."

Anna schüttelte ihr das Kissen auf und legte dann wieder ein nasses Tuch auf Emilys Stirn. „Ich nehme an, du fühlst dich nicht so gut, dass du Besuch empfangen kannst."

Emily schloss die Augen und seufzte. „Er ist wieder gekommen?"

„Er war nie fort."

„Der arme, liebe Thomas! Wenn du mir einen heißen Tee bringen könntest, lassen die Schmerzen vielleicht ein bisschen nach. Ja, natürlich will ich ihn sehen."

„Schau mich nicht mit diesem strengen Stirnrunzeln an, Thomas. Ich lebe. Und ich werde wieder gesund."

Thomas saß neben ihrem Bett und ergriff jetzt ihre Hand. „Ich habe mir so große Sorgen gemacht, Emily. Wenn dir irgendetwas zugestoßen wäre ..."

Emily versuchte, sich auf ihren Freund zu konzentrieren, sie versuchte, den Schmerz zu verdrängen. „Es ist doch gar nichts passiert. Mir geht es gut.

Was noch besser ist: Vater hat gesagt, dass wir von der Ernte fast nichts verloren haben. Der Hagel hat nur einen geringen Prozentsatz zerstört. Alle Naturalpächter werden ihren Anteil bekommen." Sie versuchte zu lächeln und bemühte sich, das Gesicht nicht zu verziehen, obwohl die Schmerzen ihre Stirn durchbohrten. Sie wollte Thomas aus seinen düsteren Gedanken herausreißen. Aber sie konnte nichts anderes denken, als dass sie auf Leroys Armen gelegen hatte. Leroy hatte sie gerettet.

„Ich habe mich mit deinem Vater unterhalten, meine Emily."

Sie runzelte die Stirn. Diese Anrede gefiel ihr nicht.

„Wir haben uns schon auf eine Mitgift und einen Hochzeitstermin geeinigt." Seine Hand schloss sich fester um sie. „Wir denken an ..."

Emily drehte das Gesicht zu ihm herum. Alle Kraft schien sie verlassen zu haben. Sie murmelte: „Thomas! Thomas, wie kannst du es wagen, Pläne zu schmieden, ohne vorher mit mir zu sprechen?"

„Ich spreche jetzt mit dir, meine Liebe." Er sank auf ein Knie. „Ich bitte dich, mich zum glücklichsten Mann der Welt zu machen und meine Frau zu werden."

Emily fuhr sich mit der Hand an die Stirn. Sie musste schwer schlucken. Scheinbar war er der Ansicht, sie würde ihn lieben. Er hatte nie wirklich zugehört, wenn sie ihm widersprochen hatte, wenn sie darauf beharrt hatte, dass sie keinen Mann heiraten könne, der bei wichtigen Fragen völlig andere Ansichten vertrat als sie. Und jetzt musste sie ihm wehtun. Womöglich würden ihre Worte ihn tiefer verletzen als die Erinnerungen an die Schlacht irgendwo im Norden, als er seinen sterbenden Bruder in den Armen gehalten hatte.

Unerwartet schossen ihr Tränen in die Augen. „Thomas, ich … ich kann dir heute Abend darauf keine Antwort geben …"

„Pscht. Ich habe dich überrumpelt. Vergib mir, meine Liebe. Du bist geschwächt und müde. Wir sprechen ein anderes Mal darüber, wenn du wieder bei Kräften bist. Dann haben wir alle Zeit der Welt und können in Ruhe alles besprechen und planen." Emily legte ihren Kopf aufs Kissen zurück. Warum liebte Thomas sie? Warum glaubte er, eine Ehe zwischen ihnen könnte gut gehen? Wie sollte sie ihm das so erklären, dass er sie auch verstand? Vielleicht wäre ein Brief die beste Möglichkeit, ihm ihre Gedanken darzulegen.

Wenn sie sich weigerte, ihn zu heiraten, wäre ihre Familie am Boden zerstört. Das wusste sie in der Tiefe ihrer Seele. Ihre Mutter würde eine weitere große Enttäuschung nicht ertragen können. Das Grauen des

Todes und die Tragödie um Luke und Teddy hatten ihr alle Kraft geraubt. Jetzt sah Emily Bitterkeit und Wut in ihren Augen, sofern überhaupt etwas anderes als eine abgrundtiefe Traurigkeit aus ihren Augen sprach.

„Emily, Mama hat gedacht, du wärst tot", vertraute ihr Anna an. „Als sie dich so regungslos und so blass in der Hütte sah, dachte sie im ersten Moment, du wärst tot. Wie Teddy und Luke. An diesem Tag ist sie ein wenig mehr gestorben, das schwöre ich dir."

Würde ihre Mutter es ertragen, wenn Emily es wagte, den Antrag von Thomas abzulehnen? Sie würde Thomas ihre Gründe dafür ausführlich erklären müssen.

„Anna", sagte sie. „Könntest du mir bitte eine Feder und Papier bringen?"

„Bist du sicher, dass du dich gut genug fühlst, um zu schreiben?"

Emily fühlte sich keineswegs imstande dazu, aber sie sah keine andere Möglichkeit.

Doch als Anna mit der Feder und dem Papier zurückkam, hämmerte Emilys Kopf so stark, dass sie nur mühsam „Danke" sagen konnte, bevor sie die Augen schloss und in einen ruhelosen Schlaf sank.

Der Brief traf am nächsten Nachmittag ein, als Anna gerade Emily mit dem Löffel fütterte. Es gab Kartoffelsuppe, Gladys' Spezialität.

„Köstlich", flüsterte Emily, aber allein schon den Mund zu öffnen, um einen Löffel voll ihrer Lieblingssuppe zu schlucken, raubte ihr die wenige Energie, die sie besaß.

„Soll ich ihn dir vorlesen?", bot Anna an.

„Nein, nein. Ich lese ihn später." Emilys Augen waren zu, aber sie hatte sie lang genug offen gehabt, um zu sehen, dass auf dem Umschlag ihr Name stand. In der Handschrift von Thomas.

Sie aß die Suppe auf und Anna verließ mit einem liebevollen Blick auf ihre Schwester das Zimmer. „Du bist bald wieder ganz die Alte und nimmst es mit der ganzen Welt auf", neckte Anna sie, aber Emily sah die Sorge in ihren Augen.

„Danke, Schwesterherz. Du hast sicher recht."

Würde das Hämmern in ihrem Kopf denn nie aufhören?

Sie griff nach dem Brief, doch dann zögerte sie. Sie lehnte sich auf ihrem Kissen zurück, schloss die Augen und dachte an Miss Lillian. *Gib mir deine Weisheit, Herr, wenn ich die Worte von Thomas lese.*

Der Anblick seiner männlichen Handschrift trieb ihr die Tränen in die Augen. Sie mochte ihn. Dann riss sie langsam den Umschlag auf, atmete tief durch und zog das Blatt heraus.

Meine liebe Emily,
was kann ich tun, um dich zu überzeugen, dass unsere Ehe gut gehen wird? Ich bin in diesen verwirrenden Zeiten nicht dein Feind. Ich teile nicht die starken Überzeugungen, die du hast, aber ich werde dich nicht daran hindern, deine Meinung zu äußern. Ich bin stolz darauf, dich zu kennen, denn du bist eine intelligente, einfühlsame und treue Frau.
Aber ich kann dich nicht zwingen, mich so zu lieben, wie ich dich liebe. Ich habe versucht, dich zu umwerben und dir meine Liebe und Fürsorge und meinen Respekt zu zeigen. Aber ich sehe in deinen Augen, was du denkst. Ich werde nicht wieder von Heiraten sprechen. Ich werde warten, bis du dieses Thema ansprichst. Und falls deine Entscheidung ein Nein ist, werde ich das respektieren, auch wenn mich das traurig machen würde.
Du hast recht, Emily: Ich will keine Frau, die mich nicht liebt.
Dein Thomas

Emily ließ den Brief sinken. Wie kam es, dass sie gleichzeitig eine solche Erleichterung und eine solche Trauer spürte?

Nachdem sie zwei Wochen im Bett verbracht hatte, hatten sich Emilys Kopfschmerzen endlich gelegt. Thomas hielt Wort. Er besuchte sie oft, aber das Thema Heiraten sprach er nicht mehr an. Stattdessen las er ihr die neuesten Nachrichten aus der Zeitung vor, Nachrichten von der erfolgreichen Baumwollernte, Nachrichten von den bevorstehenden Präsidentschaftswahlen mit dem republikanischen General Ulysses S. Grant und dem Demokraten Horatio Seymour als Kandidaten, Nachrichten von ihren Familien und Freunden.

Den Rest der Zeit tat er alles, um ihr ein Lächeln zu entlocken.

„Heute, Emily, stelle ich dir ein faszinierendes neues Brettspiel vor. Im Norden ist es seit mehreren Jahren sehr beliebt."

Emily lächelte. Ein Brettspiel! In den Augen ihrer Mutter waren Würfel eine Erfindung des Teufels und sie hielt von Spielen grundsätzlich nichts.

„Ich versichere dir, dass es sich um ein ‚moralisch

einwandfreies Spiel‘ handelt. Es wurde von einem jungen Mann namens Milton Bradley erfunden.“ Thomas legte ein Spielbrett auf den Tisch und klappte es auf. „Es hat einen sehr treffenden Namen: ‚Wechselhaftes Spiel des Lebens‘.“

Emily lachte über den Namen und betrachtete das rot-weiß karierte Spielfeld. Auf den roten Feldern standen Worte wie *Ruhm, Ehrgeiz* und *Reichtum* sowie *Glücksspiel, Unbesonnenheit* und *Gefängnis.*

„Ziel des Spiels ist es, hundert Punkte zu sammeln, bis du das Feld in der oberen rechten Ecke erreichst, auf dem *Glückliches hohes Alter* steht.“

Über eine Stunde lang konzentrierte sich Emily auf das Spiel, während sie von einem Feld mit der Aufschrift *Armut* zu *Schule* und dann weiter zu *Industrie* und *Mut* zog. Thomas lachte bei jeder Drehung des „Kreisels“ – eines einfachen Sechsecks aus Pappe, dessen Seiten von 1 bis 6 nummeriert waren. Durch die Mitte ging eine Holzklammer, die dafür sorgte, dass sich das Sechseck drehte. Als Emily auf dem Feld *Politik* landete, merkte sie, dass ihre Wangen zu glühen begannen, aber Thomas verlor kein Wort darüber. Stattdessen drehte er den Kreisel erneut und zog drei Felder weiter und landete auf dem Feld *Ehe*. Ihre Blicke begegneten sich. Aus den Augen von Thomas sprach eine so große Liebe.

In dieser Nacht lag Emily im Bett und stellte fest, dass sie Leroy eine Weile ganz vergessen hatte. In ihren Träumen ritt Thomas auf Trooper über die Felder und sie folgte ihm auf Brandy und war glücklich.

Kapitel 10

Vater würde nie verstehen, dass sie bei der Feier dabei sein musste. Sie nahm in Kauf, dass er sie morgen schelten würde, aber heute Abend wollte sie in der Hütte der Eagers feiern. Ein Wunder war geschehen! Anders konnte man es nicht nennen. Timothy, der älteste Sohn, der als zehnjähriger Junge verkauft worden und über zwanzig Jahre von seiner Familie getrennt gewesen war, war zurückgekehrt.

Emily hatte immer gewusst, dass Tammy ein tiefer Schmerz quälte. Als sie noch ein Mädchen gewesen war, hatte Tammy ihr die Geschichte erzählt.

„Unser Timothy wurde auf dem Sklavenmarkt verkauft, bevor wir zu deinem Vater kamen. Gepriesen sei der Herr, dass dein Vater den Rest unserer Familie gekauft hat, als unser alter Besitzer uns loswerden wollte. Aber vorher hat der alte Besitzer Timothy, unseren ältesten Jungen, verkauft. Er hat das nur getan, um mir das Herz zu brechen, als ich in einem Herbst so krank war, dass ich keine Baumwolle pflücken konnte. Aber ich weiß, dass unser guter Herr sich um meinen Jungen kümmert. Ich bete Tag und Nacht für ihn. Eines Tages, eines Tages wird unser Junge zu uns zurückkommen. Das weiß ich. Ich weiß es einfach."

Sie hatte recht behalten.

Vor einer Woche war ein Telegramm eingetroffen, und gestern war Timothy Eager zur Hütte seiner Eltern marschiert und hatte seine Mutter umarmt. Tammys entzückte Freudenrufe hatten ihre entsetzten Schreie nach Washingtons Tod in den Hintergrund gedrängt, wenigstens für eine Weile.

„Morgen schlachten wir das gemästete Kalb und feiern ein Fest. Ja, das machen wir", hatte Sam verkündet.

Jetzt waren alle Freigelassenen, die auf der Plantage lebten, Männer, Frauen und Kinder, zusammen mit Miss Lillian und Emily in der kleinen Kirche versammelt und feierten. Timothy, ein erwachsener, dreißigjähriger Mann, der genauso groß und kräftig war wie Leroy, stand neben seinem Vater und erzählte, wie er als Sklave auf einer Plantage in Mississippi gelebt hatte. Draußen hing ein Spanferkel am Spieß und die Tische bogen sich unter dem vielen Gemüse und Brot. Gladys hatte fünf verschiedene Kuchen gebacken und stand jetzt lachend und glücklich bei Sam und Tammy.

Von den Freigelassenen umgeben, fühlte sich Emily wie zu Hause.

Später trat sie zu Leroy. „Es freut mich so sehr, dass Timothy nach Hause gekommen ist."

„Danke, Miss Emily. Ich habe Mama schon sehr lange nicht mehr so glücklich und unbeschwert gesehen. Vielleicht noch nie!"

Emily konnte sich nicht vorstellen, was für ein Gefühl es sein musste, nach über zwanzig Jahren mit einem geliebten Menschen wieder vereint zu sein. Aber sie konnte sich sehr gut vorstellen, in Zukunft noch mehr Feste mit den Eagers zu feiern. Doch dann schalt sie sich für solche Gedanken, auch wenn ihr Blick noch ein wenig länger an Leroy hängen blieb.

Der Hauptgang war vorüber und alle genossen gerade die Nachspeise, als Emilys Vater und Mutter die kleine Kirche betraten. Emily stellte sich auf einen strengen Tadel ein. Doch dann sah sie, dass ihre Mutter zu dem mit Kuchen beladenen Tisch trat und etwas darauf abstellte. Ihre berühmte Kokosnusstorte!

Ihre Mutter, die keinen Kuchen mehr gebacken hatte, seit vor acht Jahren der Krieg ausgebrochen war, hatte eine Torte mitgebracht!

Emily schaute erstaunt zu, wie ihr Vater zu Sam und Tammy trat und beide herzlich umarmte.

„Wir sind für diesen Tag sehr dankbar“, sagte Vater, der Sams Schultern drückte und ihm dann kräftig die Hand schüttelte.

Mutter umarmte Tammy. Tränen liefen ihr übers Gesicht. „Ach, Tammy! Wie sehr haben wir für diesen Tag gebetet! Unser Herr hat unsere Gebete erhört. Gelobt sei sein Name.“

Als Emily neben ihren Vater trat, legte er die Arme um sie und küsste sie sanft auf den Kopf. Mit einer Stimme, die vor Gefühlsregung ganz rau war, sagte er: „Unser guter Herr hat uns inmitten dieser ganzen traurigen Jahre einen Grund zum Feiern gegeben.“

Kapitel 11

Der Morgen begrüßte sie mit einem strahlenden, kobaltblauen Herbsthimmel und dem süßen Duft der bunten Blätter. Es war das perfekte Wetter für einen Ausritt mit Thomas. Jetzt, da er nicht mehr von Heiraten sprach, genoss Emily ihre Ausflüge mit ihrem lieben Freund sehr. Während sie hinter Trooper hergaloppierte und das Gesicht in Brandys schwarze Mähne drückte, vergaß Emily für einen Moment ihre Angst vor den Übergriffen des Klans. Und sie dachte auch immer seltener daran, wie aufregend es war, in Leroys Nähe zu sein. Sie war wieder ein junges Mädchen und die Schrecken des Krieges und die Herausforderungen der Gegenwart verloren sich.

Es war fast wie das Leben vor dem Krieg.

Schließlich verlangsamten sie den Galopp und ließen die Pferde gemütlich nebeneinanderher traben. „Was gibt es Neues von den Freigelassenen, Emily?“, fragte Thomas.

Emily erzählte ihm gern von dem glücklichen Wiedersehen zwischen Timothy und seiner Familie und dem Fest, das am Abend zuvor stattgefunden hatte. „Mutter und Vater haben auch mitgefeiert. Es war, als hätten sie Sam und Tammy und die anderen Freigelassenen als gleichwertige Menschen gesehen. Ich war ...“ Sie suchte nach dem richtigen Wort. „Ich war überwältigt.“

Thomas beugte sich vor und tätschelte Troopers verschwitzten Hals. „Lass ihnen Zeit, Emily. Ihre Welt hat sich dramatisch verändert. Deine Eltern sind gute Menschen.“

„Ja“, gab sie ihm recht. „Wie so oft war ich in meinem Urteil zu voreilig.“ Nach einigen Minuten des Schweigens wagte sie es, das Gespräch auf das Thema Politik zu lenken. „Die Präsidentschaftswahlen machen mich ganz nervös.“

„Das ist verständlich.“ Thomas schaute sie an. Seine Augen waren undurchdringlich. „Glaubst du, eure Freigelassenen werden zu den Wahlurnen gehen?“

„Ich habe keine Ahnung. Bestimmt haben die unablässigen Gewalttaten des Klans einige von ihnen eingeschüchtert." Dann dachte sie an Colonel Willinghams Besuche und seine Gespräche mit Leroy und den anderen über Selbstverteidigung.

„Ich fürchte, der Klan wird mit seiner Einschüchterungstaktik durchkommen", bemerkte Thomas.

„In Wilkes County gab es im April über tausend republikanische Stimmen für Gouverneur Bullock. Viele von diesen Stimmen kamen von Schwarzen, Thomas."

„Ja. Aber auch wenn die Ex-Konföderierten immer noch vom Wahlrecht ausgeschlossen sind, glaube ich, dass die Ergebnisse dieses Mal völlig anders ausfallen werden."

„Du glaubst, dass die Schwarzen und die weißen Republikaner zu Hause bleiben und nicht zur Wahl gehen?"

„Ja. Ich fürchte die Demokraten werden gewinnen."

„Du *fürchtest* das, Thomas? Aber du *bist* doch ein Demokrat."

Als er sie jetzt anschaute, zog sich ihr Magen zusammen. „Ja, meine liebe Emily. Aber ich will, dass du auf eine solche Enttäuschung vorbereitet bist. Vielleicht kannst du eure Freigelassenen überreden, sehr vorsichtig zu sein."

„Wie meinst du das, Thomas?"

„Ich glaube, dass der Klan alles dafür tun wird, dass die Demokraten wieder an die Macht kommen."

Diese Worte gingen ihr die ganze Nacht nicht aus dem Kopf. Versuchte Thomas, sie zu warnen? Wollte er, dass sie die Freigelassenen auf der Plantage warnte? Und wenn ja, wovor?

Emily konnte kaum fassen, was Pastor Hill am nächsten Morgen seinen Gemeindemitgliedern berichtete, die erwartungsvoll in der methodistischen Kirche auf ihren Bänken saßen.

„Leider muss ich Ihnen mitteilen, dass die Plantage der Jacksons gestern Nacht vom Klan aufgesucht wurde. Drei Schwarze wurden gehängt und Mr Jackson wurde vor den Augen seiner Familie erschossen."

Emily fühlte, wie ihr das Blut aus dem Gesicht wich. Mr Jackson, ein Mitglied ihrer Kirchengemeinde, war einer der wenigen weißen Plantagenbesitzer gewesen, der Republikaner gewesen war und das Wahlrecht der Schwarzen und eine gleichberechtigte Repräsentation im Parlament befürwortet hatte.

Ein lautes Raunen ging durch die Kirche. Die Menschen waren schockiert.

„Nehmen wir uns einen Moment Zeit für ein stilles Gebet und denken an die Menschen, die ihr Leben verloren haben. Beten wir für ihre Familien. Beten wir für Frieden bei den Wahlen am Dienstag."

Aber auch wenn aus seinen Worten Trauer sprach, wirkte Pastor Hill überhaupt nicht traurig. Emily wusste, dass er ein Befürworter der Demokraten war und hoffte, dass sie wieder an die Macht kamen. Wie auch alle anderen in der Kirche. Während alle den Kopf beugten, fragte sich Emily, welche Mitglieder dieser Gemeinde wohl insgeheim dachten, dass die Wiederherstellung der weißen Vorherrschaft wenn nötig auch durch Terror erreicht werden müsse.

Thomas wartete auf Emily, als sie und ihre Eltern nach dem Gottesdienst zur Plantage zurückkehrten. Als sie aus der Kutsche stieg, trat er zu ihr, und sie ließ sich von ihm in die Arme nehmen. „Wie kann das sein?", fragte sie. „Bitte sag mir, dass das nur ein Gerücht ist."

Thomas führte sie zum Rosengarten, wo sie auf eine Bank sank. „Ich dachte, es könnte nicht noch etwas Schlimmeres passieren als das, was sie dem armen Washington angetan haben. Kannst du es glauben, dass Mr Jackson, ein so guter Mann, vor den Augen seiner Familie erschossen wurde?“

Sie schluchzte so sehr, dass sie sich kaum beruhigen konnte. Obwohl Thomas sie festhielt, sagte er nichts Tröstendes. Vielmehr fühlte sie, dass er angespannt war und sich sein Griff so fest um ihren Arm legte, dass sie vor Schmerzen aufschrie. „Thomas, du tust mir weh.“

Als sie ihm in die Augen sah, bemerkte sie, dass sie hart und wütend und müde waren. „Es tut mir leid, Emily. Vergib mir. Ja, was für ein Schock! Was für ein großer Schock für dich! Für uns alle.“

Aber Thomas sah nicht schockiert aus. Er sah aus, als wüsste er ganz genau, was passiert war. Emily konnte nicht sagen, ob er angewidert war oder ob er diese barbarische Tat insgeheim befürwortete.

Nachdem sie einige Minuten schweigend nebeneinandergesessen hatten, sagte er: „Trotz dieser schrecklichen Nachricht würde sich meine Mutter sehr freuen, wenn ihr am Mittwochabend alle zum Essen kommen könntet.“

„Wir haben vor zu kommen. Aber einige von uns werden sich über den Wahlausgang freuen und andere werden ihn beklagen.“

„Ich hoffe sehr, dass wir die Politik für ein paar Stunden vergessen und einfach einen schönen Abend genießen können.“

Emily nickte, obwohl sie sich nicht vorstellen konnte, wie das möglich sein sollte.

Er seufzte schwer. „Glaubst du, eure Freigelassenen werden trotzdem zur Wahl gehen?“

„Ich glaube schon.“

Jetzt sah Thomas entsetzt aus. „Dann musst du sie überreden, den Wahlurnen fernzubleiben. Versuche es! Bitte, Emily!“

„Was weißt du, Thomas? Was willst du damit sagen?“

„Ich will damit sagen, dass Männer, die sonst gut und edel sind, manchmal schreckliche Dinge tun, nur weil sie von einer Sache wirklich überzeugt sind.“

Emily atmete scharf ein. „Du machst mir Angst, Thomas. Noch mehr Angst, als ich ohnehin schon habe.“

„Das tut mir leid, Emily. Aber ich habe selbst auch Angst.“ Er wandte den Blick ab und schaute zu den Hütten der Freigelassenen hinüber. Dann fuhr er sich mit den Händen übers Gesicht.

„Du siehst so müde aus, Thomas.“ Jetzt erinnerte er sie wieder an den gequälten jungen Soldaten, der aus dem Krieg zurückgekehrt war.

Er gab ihr darauf keine Antwort, sondern drückte ihr nur einen Kuss auf die Hand. Nach einer Weile sagte er: „Ich muss nach Hause.“

Emily lief zu den Hütten der Freigelassenen und hämmerte an die Tür der Eagers. Mit Tränen im Gesicht rief sie: „Das, was auf der Jackson-Plantage passiert ist, ist so furchtbar. Oh, Tammy!“ Sie schlang die Arme um die breite Taille ihrer Freundin, lehnte den Kopf an die Schulter der schwarzen Frau und weinte.

„Unser Herr im Himmel hat diese Männer gesehen. Der Herr wird es ihnen vergelten, Miss Emily. Wir können sie nicht bekämpfen. Sie sind zu viele. Sie sind zu stark.“

„Bitte sag Leroy, dass er am Dienstag nicht zur Wahl gehen soll! Leutnant McGinnis befürchtet das Schlimmste. Und sag heute Abend bitte allen, dass sie bereit sein müssen, falls es zu Gewalttätigkeiten kommt. Tammy, ich weiß, dass der Klan stark und mächtig ist, aber eure Männer haben sich vorbereitet. Sag ihnen, dass sie auf der Hut sein und beten sollen!“

Aber Tammy schüttelte den Kopf und ihre Wangen waren jetzt ebenfalls tränenüberströmt. „Ich kann ihnen sagen, dass sie bereit sein sollen. Ja, das kann ich. Aber ich kann meinen Leroy nicht dazu bringen, auf mich zu hören. Das geht einfach nicht. Wie soll ich ihn denn davon abhalten, nach seinen Überzeugungen zu leben, Miss Emily?“

Tammy hatte in ihrem Leben schon viel Leid erlebt. Auf den Feldern arbeitete sie schon, seit sie laufen konnte, und sie hatte drei Kinder beerdigen müssen, als sie noch Babys waren. *Und eines als jungen Mann,* dachte Emily. Tammy fürchtete sich nicht vor Leid. Sie würde ihren Sohn nicht aufhalten. Wenn Freiheit den Tod bedeutete, würden die Eagers und so viele andere den Tod wählen.

Tammy würde gar nicht erst versuchen, ihren Sohn zu etwas zu überreden, denn Leroy würde sowieso nicht auf seine Mutter hören. Aber auf jemand anderen würde er vielleicht hören. Während die unheilvollen Worte von Thomas noch in ihren Ohren widerhallten, beschloss Emily, dass sie eine Gelegenheit finden würde, wie sie Leroy dazu brachte, ihr zuzuhören. Und zwar sehr bald.

Kapitel 12

Am nächsten Morgen kam Miss Lillian, bevor die Schüler eintrafen, zu Emily ins Schulhaus. Emily hatte die Frau aus dem Norden noch nie so abgrundtief erschüttert gesehen. Ihr Gesicht war angespannt und sorgenvoll. Selbst in den schlimmsten Zeiten strahlte Miss Lillian normalerweise einen spürbaren Frieden aus. Aber heute war davon nichts zu spüren.

„Emily, du hast gehört, dass die Plantage der Jacksons am Samstagabend vom Klan überfallen wurde?"

Emily nickte. „Ja, ich habe von den Gräueltaten gehört."

„Leider muss ich dir noch mehr dazu sagen", sprach Miss Lillian mit zitternder Stimme weiter. „Eine liebe

Freundin von mir, die Lehrerin Isabella Jenkins, war auf der Plantage, als der Klan kam. Sie hat einen der Männer erkannt." Miss Lillian hielt Emily fest, um sie abzustützen. „Sie ist sich sicher, dass einer der Männer Leutnant McGinnis war."

Thomas! Emily klammerte sich Halt suchend an eine Schülerbank. „Das ist unmöglich! Einfach unmöglich, Miss Lillian. Waren die Männer nicht verhüllt? Sie konnte ihre Gesichter doch gar nicht sehen."

„Ja, sie waren verhüllt. Und sie waren beritten. Aber Isabella kennt das Pferd des Leutnants. Sie hat es schon früher auf der Jackson-Plantage gesehen."

Emily merkte, wie ihre Beine unter ihr nachgaben. Trooper! Trooper war unverkennbar.

„Vielleicht hat ein anderer Reiter sein Pferd genommen. Es gibt bestimmt ..."

„Er ist treu. Deshalb bin ich der Einzige, der ihn reitet. Er weiß, dass ich ihm vertraue."

„Ich weiß, dass du ihn sehr magst. Es tut mir leid, dass ich dir das sagen muss, aber ich hatte das Gefühl, dass ich dich warnen sollte. Du könntest auch in Gefahr sein. Wenn Leutnant McGinnis weiß, was bei unseren Schwarzen hier geschieht ..."

„Danke, dass Sie es mir gesagt haben", flüsterte Emily, aber ihre Kehle war wie zugeschnürt. Nur mit Mühe brachte sie diese Worte über die Lippen.

Das konnte einfach nicht wahr sein.

Irgendwie gelang es ihr, den Schultag zu überstehen, auch wenn sie wie betäubt war. Als die Kinder das Gebäude verließen, ging sie benommen auf die abgeernteten Baumwollfelder hinaus und versuchte, das alles zu verarbeiten. Thomas ein Mitglied des Klans. Thomas, der zusammen mit einem Mob weiß gekleideter Phantome auf Trooper zur Jackson-Plantage ritt. War es seine Hand gewesen, die die Schlinge um den Hals der gelynchten Schwarzen gelegt hatte? Hatte seine Hand die Waffe abgefeuert, die Mr Jackson getötet hatte?

„Ich glaube, dass der Klan alles dafür tun wird, dass die Demokraten wieder an die Macht kommen."

Hatte er schon am Samstag, als er bei ihrem Ausritt diese Worte gesagt hatte, bereits geplant, sie noch am selben Abend mit eigenen Händen in die Tat umzusetzen?

Emily sank auf die Knie und musste sich übergeben.

Sie versuchte, sich sein Gesicht vorzustellen, als er am Tag zuvor mit ihr im Rosengarten gesessen hatte. Seine Miene war hart und wütend gewesen, aber definitiv nicht überrascht.

Oh, Thomas! Bitte, nein!

Was hatte er da gesagt? Jedenfalls hatte er sie mit einer großen Müdigkeit in den Augen angesehen. *„Ich* *will damit sagen, dass Männer, die sonst gut und edel sind, manchmal schreckliche Dinge tun, nur weil sie von einer Sache wirklich überzeugt sind.“*

Sie sank auf den Boden, während Liebe und Zorn in ihrem Herzen miteinander rangen. Was sollte sie tun? Thomas verraten? Die Freigelassenen warnen? Nichts sagen?

Mit tränenüberströmtem Gesicht schleppte Emily sich zum Haus. Als sie an der Schule vorbeiging, sah sie mehrere Freigelassene und Colonel Willingham mit ernsten Gesichtern in das kleine Gebäude gehen. Sie wartete, bis alle darin verschwunden waren, dann stellte sie sich neben das offene Fenster und lauschte.

„Wir müssen heute Abend auf der Hut sein“, sagte Colonel Willingham. „Angesichts der morgigen Wahlen und nach den Morden auf der Jackson-Plantage fürchte ich das Schlimmste.“

Genau, wie Thomas gesagt hat.

„Wir werden heute Abend bereit sein.“ Leroys Stimme war laut und zuversichtlich. „Wir dürfen uns dem Terror nicht beugen, sondern müssen zusammenhalten und uns gegenseitig ermutigen, zur Wahl zu gehen. Morgen ist der große Tag, der entscheidende Tag.“

Einen Moment hörte Emily keinen Ton. Dann erhob sich in der Stille eine Stimme.

„Unsere Familien haben Angst. Das weißt du, Leroy. Unsere Frauen flehen uns an, morgen nicht zur Wahl zu gehen. Sie haben Angst davor, alles könnte so werden wie in Camilla. Dass der Klan auftaucht und auf uns schießt, um uns zu töten. Die Frauen haben Angst. Wir wollen sie nicht mit unseren Kindern allein zurücklassen."

Leroys Stimme war unverändert fest, als er antwortete. „Ich verstehe eure Angst. Ich habe auch immer noch Albträume und sehe Washington, wie er am Ast baumelt. Aber ich werde morgen zur Wahl gehen und meine Stimme abgeben. Das verspreche ich euch. Ich werde gehen."

Als die Männer, jeder mit einem Gewehr in der Hand, das Schulhaus verließen, ging die Sonne hinter den kahlen Feldern unter. Emily nahm an, dass sie die ganze Nacht hindurch Wachen aufstellen würden, um im Fall eines Angriffs durch den Klan gewappnet zu sein.

Thomas, bitte. Das darf einfach nicht wahr sein.

Sie musste mit Leroy sprechen, aber wenn sie nicht rechtzeitig zu Hause war, würde sich ihr Vater Sorgen machen. Unruhig wartete Emily, dass Leroy zusammen mit den anderen aus dem Haus kam. Als er nicht auftauchte, ging sie in das Schulhaus. Leroy war allein. Er stand mit dem Rücken zu ihr und hatte den Kopf wie im Gebet gebeugt.

„Leroy?“, flüsterte sie. Überrascht drehte er sich um.

„Miss Emily! Was machen Sie noch hier unten? Es ist schon fast dunkel.“

„Ja, ja, ich weiß. Ich muss nach Hause. Aber ...“ Sie holte tief Luft. „Ich wollte dich bitten, nicht zur Wahl zu gehen. Es ist zu gefährlich. Ich habe Angst um dich, Leroy.“

„Der Klan will, dass wir Angst haben. Aber ich muss auf mein Gewissen hören, Miss Emily.“ Mit einem traurigen Lächeln schaute er sie an. „Machen Sie sich um mich keine Sorgen. Ich werde vorsichtig sein.“

„Aber ich liebe dich, Leroy! Ich will nicht, dass dir etwas zustößt!“ Emily warf die Arme um die breiten schwarzen Schultern ihres früheren Sklaven.

Leroy löste sich ruhig und schnell aus ihren Armen, trat von ihr weg und drehte ihr den Rücken zu. „Sagen Sie diese Worte nie wieder, Miss Emily. Das sind gefährliche Worte. Gehen Sie jetzt!“

„Aber ich weiß, dass du mich liebst! Ich sehe doch, wie du mich ansiehst ...“

Jetzt drehte sich Leroy um und sie sah das Entsetzen in seinem Gesicht. Er schüttelte den Kopf, und seine zerzausten Haare berührten seine Schultern. „Ich habe Sie nie irgendwie angesehen, Miss Emily. Wenn Sie das auch nur zu einem Menschen sagen, hängt man mich an den nächsten Baum, ohne dass dazu ein Klan nötig wäre." Jetzt richtete er den Blick auf den Boden.

Mit glühendem Gesicht trat Emily zurück. *Dummes, dummes Mädchen!*

„Entschuldige, Leroy!" Ihre Worte waren von einem herzzerreißenden Schluchzen begleitet. „So habe ich das nicht gemeint. Nein. Natürlich hast du mich nie irgendwie angesehen."

Das Hämmern ihres Herzens war das einzige Geräusch, das im stillen Schulhaus zu hören war.

Er trat auf die andere Seite des Raumes und wandte den Blick von ihr ab. „Miss Emily, wir leben in schweren Zeiten. Es sind aber auch gute Zeiten, da wir Freigelassenen einige Möglichkeiten haben. Und ich will für unsere Rechte kämpfen. Aber es sind keine Zeiten, in denen eine weiße Frau einem farbigen Mann ihre Liebe erklären darf. Solche Zeiten werden wahrscheinlich nie kommen. Wenigstens nicht in absehbarer Zeit."

Emily fühlte, wie eine starke Beschämung langsam in ihr Gesicht kroch, und sie senkte den Blick zu Boden. Tränen brannten ihr in den Augen. Erneut schalt sie sich für ihre Dummheit. Jetzt würde Leroy sie hassen!

„Sie sind seit Jahren unsere Freundin, Miss Emily.

Sie arbeiten mit uns, kümmern sich um uns, kämpfen für unsere Rechte und unterrichten uns." Jetzt drehte er sich wieder um und ein herzliches Lächeln trat in sein Gesicht. „Sie haben mich gelehrt, mein erstes Wort zu lesen."

Sie schaute ihm in die Augen und sie murmelten gemeinsam: „Frei."

Frei.

Damals war es so passend gewesen, dass er dieses Wort gelernt hatte.

„Ich bin Ihnen sehr dankbar, Miss Emily, dass Sie uns unterrichten. Dass Sie so freundlich sind. Aber das viele Gute, das Sie tun, ist vergeblich, wenn irgendjemand Verdacht schöpft, dass Sie Gefühle für mich haben. Man wird mich kreuzigen, Miss Emily. Das schwöre ich Ihnen."

Jetzt konnte sie ihre Tränen nicht länger zurückhalten. Sie liefen ihr ungehindert übers Gesicht. Sie fühlte sich entzweigerissen und auf den Kopf gestellt.

„Es tut mir so leid, Leroy", flüsterte sie. Mehr brachte sie nicht über die Lippen.

Leroy ging hinaus auf die Veranda und Emily folgte ihm. Mit großem Abstand zueinander blieben sie stehen.

Dann sprach er wieder. „Wenn die Zeiten anders wären, Emily ..." Er sprach ihren Namen ganz leise und sanft aus. „Wenn sie anders wären, würde ich über andere Dinge mit Ihnen sprechen. Aber sie sind so, wie sie sind, und es ist gefährlich zu träumen. Außerdem haben Sie einen wunderbaren jungen Mann, der Sie liebt. Ich habe Sie beide zusammen gesehen."

Einen wunderbaren jungen Mann! Ein Mitglied des Klans!

Sie schüttelte den Kopf. Sie würde Leroy von Thomas erzählen! Aber sie zögerte und Leroy sprach weiter: „Und ich bin mit einer jungen Frau in Atlanta zusammen. Sie war früher Sklavin hier in Wilkes County, auf der Turner-Plantage."

Als sie das hörte, verließ Emily ihre ganze Kraft.

„Bitte, bitte lassen Sie Ihren Traum los und vergessen Sie nie, wie dankbar ich Ihnen bin, Emily." Ihre Blicke begegneten sich und sie sah es in seinen Augen: die Liebe, die Traurigkeit, das Verständnis. Einen kurzen Moment lang berührte er ihre Hand. Dann stieg er die Stufen hinunter und ging zu den Hütten der Freigelassenen zurück.

Emily glaubte, sie hätte keine Tränen mehr, so viel hatte sie geweint, aber sie kamen immer wieder und liefen ihr unaufhaltsam übers Gesicht, während sie sich auf das Abendessen mit ihren Eltern und mit Anna vorbereitete. Sie konnte ihnen nicht die Wahrheit sagen. Den Verrat von Thomas musste sie für sich behalten genauso wie Leroys Geständnis. Eine tiefe Verzweiflung hatte sie erfasst. Es gab keine Hoffnung auf eine Zukunft mit Leroy. Natürlich nicht. Dummes, dummes Mädchen. Er liebte eine andere. Sie musste tun, was er gesagt hatte: Sie musste ihren Traum loslassen.

Und was war mit Thomas? Wenn sie ihren Eltern verriet, dass er Mitglied des Klans war, würden sie sicher auch nicht wollen, dass sie ihn heiratete. Vielleicht würde sie ihre Eltern nicht verletzen und die Familie nicht spalten, wenn sie wüssten, dass sich Thomas dem Terrorismus verschrieben hatte. Sie würden doch sicher nicht wollen, dass sie einen gewalttätigen Mann heiratete.

Aber wie sollte sie es ihnen sagen? Sie war nicht einmal sicher, ob sie heute Abend mit ihnen am Tisch sitzen und ihre Gabel zum Mund führen konnte, ohne zusammenzubrechen. Sie war völlig am Boden zerstört, seit ihr Miss Lillian offenbart hatte, dass Thomas Mitglied des Klans war. Und Leroys Geständnis hatte diesen Zustand noch verschlimmert. Sie betrachtete ihr fleckiges Gesicht im Spiegel. Auch mit noch so viel Puder würde sie ihre Demütigung und ihre Angst nicht vertuschen können. Sie sank zu Boden.

Anna klopfte leicht an die Tür. „Emily? Ist alles in Ordnung? Wir warten mit dem Essen auf dich."

„Ich ... ich kann nicht kommen", sagte sie.

Anna machte die Tür auf. Als sie das tränenüberströmte Gesicht ihrer Schwester sah, kniete sie neben ihr nieder. „Arme Emily. Ich weiß, dass dir die Morde auf der Jackson-Plantage nahegehen." Ihre kleine Schwester legte die Hände auf ihre Schultern und schaute ihr in die Augen. „Und du machst dir große Sorgen. Wegen der Freigelassenen und der Wahlen morgen."

„Ja, Anna. Ich bin zu aufgewühlt, um zum Essen zu kommen. Bitte entschuldige mich bei Vater und Mutter."

Anna umarmte sie herzlich. „Ruh dich aus, meine liebe Schwester." Bevor sie ging, drehte sie sich noch einmal um und sagte: „Du kannst den Lauf der Geschichte nicht ändern, Emily. Bitte versuche es erst gar nicht."

Noch nie war Emily so verwirrt gewesen, so am Boden zerstört. Und noch nie hatte sie sich so allein gefühlt. Der Ansturm der Gefühle, die sie überrollten, lähmte sie. Sie sank zu Boden und hatte keine Ahnung, was sie tun sollte.

Nach einer Weile wusste sie es schließlich.

Sie ging auf die Knie und rief laut: „Oh, Herr! Zeig es mir! Soll ich Thomas an unsere Freigelassenen und an meine Familie verraten?"

Miss Lillians Worte meldeten sich in ihrem Gedächtnis. *„Den Herrn überraschen diese Umstände nicht, Emily. Durch die ganze Geschichte hindurch gab es immer wieder Familien, die bei der Frage der Menschenrechte gespalten waren. Bitte Gott um Führung. Er wird sie dir bestimmt schenken."*

Auf den Knien betete sie jetzt laut: „Herr, ich bitte dich um deine Führung. Ich fühle mich so allein und habe so große Angst. Ich weiß nicht, wie ich mit diesen Informationen umgehen soll. Und mit den Gefühlen in meinem Herzen."

Eine Stunde oder noch länger saß sie so da, den Kopf gebeugt, die Hände gefaltet, betete, weinte und lauschte, ob der Klan mit polternden Hufen anrückte. Einige Male döste sie ein, und jedes Mal, wenn sie wieder erwachte, quälte sie tief in ihrem Inneren eine lähmende Angst und eine große Traurigkeit überkam sie.

Als die Tränen auf ihrem Gesicht schon lange getrocknet waren, saß sie immer noch da und horchte in die Stille hinein. Sie hatte dem Herrn ihr Herz ausgeschüttet. Miss Lillian sagte immer, es sei leicht, zu

Gott zu schreien. Aber das Warten, bis man Antwort bekam, war viel schwerer.

Sie wartete.

Zwei Bibelverse gingen ihr durch den Kopf. Der erste stand irgendwo im Buch Jesaja: *Fürchte dich nicht, denn ich stehe dir bei; hab keine Angst, denn ich bin dein Gott! Ich mache dich stark, ich helfe dir, mit meiner siegreichen Hand beschütze ich dich!*

Wo der zweite Vers stand, fiel ihr nicht ein, aber sie wusste, dass Gott diese Zusage gemacht hatte, als Mose die Israeliten aus Ägypten geführt hatte und sie in der Zwickmühle gesteckt hatten: vor ihnen das Rote Meer und hinter ihnen die ägyptische Armee. In dieser Notlage hatte Mose diese Worte gesprochen: *Der Herr selbst wird für euch kämpfen, wartet ihr nur ruhig ab!*

Verlier deinen Frieden nicht. Sei still. Warte.

Frieden.

Dann fiel ihr noch etwas anderes ein. Miss Lillian hatte es einmal zu ihr gesagt: „*Sein Friede fühlt sich anders an als der Frieden, den wir ganz natürlich empfinden, wenn ein schöner Tag ist und alles auf der Welt gut zu sein scheint. Sein Friede kommt an den härtesten Tagen. Das klingt geheimnisvoll und übernatürlich. Aber du kannst ihn um diesen Frieden bitten, Emily.*“

„Schenk mir bitte diesen Frieden, Herr“, flüsterte sie viele Stunden später, als sie ins Bett ging und schließlich einschlief.

Kapitel 13

Mittwoch, 4. November 1868

Obwohl die Zeitungen einen großen Sieg der Republikaner verkündeten, da General Ulysses S. Grant zum neuen Präsidenten der USA gewählt worden war, konnte Emily die Schlagzeilen nur mit einem beklemmenden Gefühl der Niederlage lesen, wenn sie an den gestrigen Tag zurückdachte. Ihr Vater hatte ihr verboten, in die Stadt zu fahren, aber als Miss Lillian angeboten hatte, sie zu begleiten, und sie versprochen hatten, nicht zu nahe an die Wahlurnen heranzugehen, hatte er eingewilligt.

Sie hatte es mit eigenen Augen gesehen: Nur ein

einziger Schwarzer war zur Wahl erschienen und hatte seine Stimme abgegeben.

Leroy.

Emily hatte gezittert, als er vorgetreten war und seine Stimme abgegeben hatte, während Mitglieder des Klans stumm und bedrohlich vor den Urnen auf und ab marschiert waren. Bei der Vorstellung, dass vielleicht Thomas unter einem dieser fließenden, weißen Gewänder steckte, war Emily ganz übel geworden.

Oh, Leroy.

Oh, Thomas.

Sie hatte den Atem angehalten, bis Leroy den Platz wieder unbeschadet verlassen hatte. Dann hatte sie vor Erleichterung geweint.

Heute Morgen war die traurige Wahrheit ans Licht gekommen: Leroy war der Einzige, der in Wilkes County seine Stimme für General Grant abgegeben hatte. Der Einzige! Die Taktik des Klans war aufgegangen: Sie hatten die Freigelassenen und sogar die weißen Republikaner mit ihren terrorisierenden Überfällen eingeschüchtert. Das Ergebnis war, dass nur Georgia und ein weiterer Bundesstaat nicht für Ulysses S. Grant gestimmt hatten.

Sie versuchte, die positive Seite dieser Wahlen zu sehen. Immerhin war es das erste Mal, dass dank des

Ersten Rekonstruktionsgesetzes die Schwarzen an einer Präsidentschaftswahl hatten teilnehmen dürfen. Insgesamt hatten über 700.000 Schwarze ihre Stimme abgegeben. Das war doch bestimmt ein großer Fortschritt, auch wenn sie in Georgia eine Niederlage erlitten hatten. Und Grant hatte in allen Bundesstaaten bis auf zwei gesiegt. Ein Republikaner, der an die Gleichberechtigung der Freigelassenen glaubte, war neuer Präsident des Landes.

Das andere Positive, das Wichtigste für Emily, war, dass der Klan ihre Plantage am Montagabend nicht heimgesucht hatte. Jetzt, da die Wahlen vorbei waren, würde sicher Frieden einkehren.

Frieden.

Als Emily an diesem Tag das Schulhaus verlassen wollte, erblickte sie Leroy, der auf der Veranda auf sie wartete. „Kann ich mit Ihnen sprechen, Miss Emily?"

„Natürlich." Sie merkte, dass ihr Gesicht sofort zu glühen begann.

„Danke, dass Sie gestern gekommen sind und mich bei den Wahlen unterstützt haben."

„Das war doch selbstverständlich", flüsterte sie.

Leroy legte seine Hände aufs Geländer und ließ seinen Blick über die kahlen Felder schweifen. Er sprach, als rede er mit dem Wind. „Ich fahre dieses Wochenende nach Atlanta und will die junge Frau, von der ich Ihnen erzählt habe, fragen, ob sie mich heiratet."

Emily musste tief durchatmen und lehnte sich ans Geländer der Veranda. Sie wusste nicht, was sie sagen sollte.

„Ich wollte, dass Sie das wissen."

„Danke", flüsterte sie. Dann fügte sie hinzu: „Wie heißt sie?"

„Sie heißt Clara."

Clara.

„Sie hat einen kleinen Sohn, Jesse."

Emilys Wangen begannen zu glühen. Am liebsten wäre sie davongelaufen.

Leroy drehte sich langsam um und schaute Emily direkt an. „Ich musste Ihnen das sagen, denn Sie beide werden sich bestimmt irgendwann treffen. Und dann werden Sie sich wundern, weil sie genauso weiß aussieht wie Sie. Ihre Mutter wurde von ihrem Sklavenbesitzer schwanger und brachte Clara zur Welt. Später wurde auch Clara von demselben Sklavenbesitzer schwanger und bekam Jesse. Sie sieht zwar weiß aus, ist aber keine Weiße, sondern eine ehemalige Sklavin, genauso wie ich früher ein Sklave war."

Emily versuchte, diese Informationen zu verarbeiten, aber sie konnte nicht klar denken. Schließlich sagte sie: „Ich bete dafür, dass du mit Clara sehr glücklich wirst."

„Danke. Ich glaube, das werden wir."

Dann wagte sie es auszusprechen, was sie dachte. „Du kannst eine Schwarze heiraten, die weiß aussieht, weil ihr Vater ein brutaler Sklavenbesitzer war, und das ist erlaubt. Aber wenn eine Frau, die zufällig ganz weiß ist, einen Schwarzen liebt, ist das verboten. Das klingt so unfair."

Leroy nickte langsam. „Sie haben recht. Aber unser Herr lässt sich von dem alten Teufel nicht überlisten. Der Teufel schleicht herum und macht das Leben unfair, aber Sie werden schon sehen, Emily: Unser Herr wird etwas Gutes daraus entstehen lassen. Das verspreche ich Ihnen."

Als sich ihre Gefühle ein wenig beruhigt hatten, holte Emily tief Luft. „Danke, Leroy. Unser Herr segne dich."

Während sie zum Haus zurückging und die Sonne sich langsam dem westlichen Horizont zuneigte, dachte Emily bei sich: *Leroy heiratet eine weiße Schwarze, und Thomas ist Mitglied des Klans. Zwei Männer, die ich geliebt habe, und ich habe beide verloren. Jetzt bin ich ganz allein.*

Diese Gedanken wiederholten sich ständig in ihrem Kopf, bis nur noch ein einziges Wort übrig blieb: *Allein, allein, allein.*

Fürchte dich nicht, denn ich stehe dir bei.

Dieser flüsternde Gedanke übertönte die erdrückenden, negativen Gedanken und war wie eine süße Erinnerung, die sie in der kühlen Abendluft sanft umwehte. *Ich mache dich stark, ich helfe dir.*

„Hilf mir, Herr", flüsterte Emily laut. Genauso plötzlich, wie der Blitz an jenem verhängnisvollen Oktoberabend den Himmel zerrissen hatte, erfüllte sie jetzt ein anderes starkes Gefühl: die Gegenwart des Heiligen Geistes. Diese Gegenwart hüllte sie sanft ein und das Grauen und die Traurigkeit und die Angst fielen von ihr ab. Zurück blieb etwas Tiefes und Unbeschreibliches.

Gottes Frieden.

Kapitel 14

Sie hatte gewartet und gebetet. Sie war still geblieben. Aber genauso sicher, wie sie vor zwei Tagen gewusst hatte, dass sie stillhalten sollte, wusste sie jetzt, dass sie noch heute mit Thomas sprechen musste. Zu dieser Überzeugung war sie gelangt, als sie zum Haus gegangen war und sie dieser unerklärliche, übernatürliche Frieden immer noch erfüllt hatte. Jetzt regte sich in Emilys Herz eine heilige Aufregung. Sie musste Thomas mit der Wahrheit konfrontieren und ihn anflehen, den Klan nicht weiter zu unterstützen. Heute Abend war ihre ganze Familie auf der McGinnis-Plantage zum Essen eingeladen. Sie wollte noch vor dem Essen mit Thomas sprechen. Das musste sein.

Während die Sonne über den kahlen Baumwollfeldern unterging, trat sie ins Haus und machte sich für das Abendessen fertig. Geistesabwesend schlüpfte sie in ihren Unterrock. Ihre Finger zitterten, als sie die goldenen Knöpfe an ihrem violetten Kleid zuknöpfte.

Als sie die Treppe herunterging, saß ihr Vater in der Bibliothek. Sie bemühte sich um eine ruhige Stimme und versuchte, unaufgeregt zu klingen.

„Vater, hast du etwas dagegen, wenn ich mit Brandy zur McGinnis-Plantage reite und euch dort treffe?"

Er blickte von seiner Zeitung auf. „Meine Liebe, du siehst umwerfend aus."

„Vater, bitte beantworte meine Frage."

„Es wird bald dunkel."

„Es ist noch mindestens eine halbe Stunde hell. Das ist genügend Zeit. Ich sage dem Stalljungen auf der McGinnis-Plantage, dass er Brandy über Nacht in seinem Stall unterbringen soll, und fahre mit dir, Mutter und Anna in der Kutsche nach Hause."

Skeptisch schaute er sie an.

„Bitte, Vater. Ich bin wegen der Wahlen so aufgewühlt. Ein wenig frische Luft würde mir guttun."

„Dann reite, mein Kind." Murmelnd fügte er hinzu: „Ich habe noch von keiner Frau gehört, die in ihrem Abendkleid ausreitet! So etwas machst nur du, meine liebe rebellische Emily.“ Er bedachte sie mit einem schwachen Lächeln.

Emily eilte zum Stall und machte Brandy fertig, während Willum, der Stalljunge, ihr nachschaute und anbot: „Bitte lassen Sie sich von mir helfen, Miss Emily.“

Doch sie hatte keine Zeit. Sie musste sich beeilen! War es der Heilige Geist oder einfach eine heilige Angst, die sie zur McGinnis-Plantage trieb und sie dazu brachte, die acht Kilometer, die die zwei Plantagen voneinander trennten, in Windeseile zurückzulegen? Als sie ankam, war sie völlig außer Atem. Ihr Kleid war verknittert und ihre Locken klebten an ihrem Gesicht. Sie stieg ab, führte Brandy in den Stall und schaute sich nach Freddy, dem Stalljungen, um.

Dabei fiel ihr Blick auf Troopers Box. Sie war leer.

Emily biss sich auf die Lippen, um nicht laut aufzuheulen. Wohin war Thomas geritten? Sie *musste* doch mit ihm sprechen.

Eilig überließ sie Freddy ihr Pferd, eilte zum Haus und klopfte an der Tür.

Lissy, das Küchenmädchen, öffnete ihr: „Oh, Miss Emily! Geht es Ihnen gut? Sie sehen aus, als hätten Sie ein Gespenst gesehen!“

„Ist Leutnant Thomas zu Hause? Ich muss ihn sofort sprechen.“

Lissys Brauen zogen sich noch mehr zusammen. Ein angsterfüllter Blick trat in ihre Augen. „Ich glaube, Leutnant Thomas ist vor einer Weile weggeritten."

„Sind Mr und Mrs McGinnis zu Hause?"

„Ja, Ma'am. Ich sage ihnen, dass Sie hier sind."

Emily bemühte sich darum, sich etwas zu beruhigen. Aber ihr Atem ging immer noch sehr schnell.

Als Mrs McGinnis an die Tür kam, sagte sie: „Emily, meine Liebe! Wir haben euch erst in einer halben Stunde erwartet."

„Ich weiß. Bitte verzeihen Sie, Mrs McGinnis, dass ich so früh komme, aber ich brauchte frische Luft und mein Vater sagte, dass ich mit meiner Stute zu Ihnen reiten darf, wenn ich vor Einbruch der Dunkelheit hier bin. Ich hatte gehofft, ich könnte noch vor dem Essen mit Thomas sprechen."

Die Strahlen der untergehenden Sonne fielen zwischen die Säulen der Veranda, die auf den weiten Rasen vor dem Haus lange, gespenstische Schatten warfen.

Mrs McGinnis schaute sie aufgewühlt an. „Dieser Junge! Er gehört geteert und gefedert! Vor ungefähr einer Stunde ist er weggeritten. Er sagte, er hätte in der Stadt etwas Wichtiges zu erledigen." Sie runzelte die Stirn. „Als ich ihn daran erinnerte, dass wir heute Gäste zum Abendessen erwarten, hat er nur gelächelt und gesagt: ‚Mach dir keine Sorgen, Mutter. Bis zum Essen bin ich zurück. Das, was ich in der Stadt erledigen muss, hat mit heute Abend zu tun.'"

Jetzt trat ein verschmitztes Funkeln in Mrs McGinnis' Augen. „Ich glaube, er wollte zu Mr Dubois, dem Juwelier." Sie zog vielsagend die Brauen hoch und zwinkerte Emily zu.

„Er wollte zum Juwelier?" Emily merkte, wie ihr das Blut aus dem Gesicht wich. Der verschwörerische Blick, den ihr Mrs McGinnis zuwarf, war eindeutig. Thomas wollte ihr heute Abend einen Antrag machen und sie fragen, ob sie seine Frau werden wolle. Und das, obwohl er ihr versprochen hatte, dieses Thema nicht mehr anzusprechen.

Das konnte er vergessen!

Mrs McGinnis schien Emilys Unbehagen nicht zu merken. „Aber er hat gesagt, dass er vielleicht ein wenig später kommt. Er hat seinen Vater und mich gebeten, unsere Gäste gut zu unterhalten, bis er nach Hause kommt." Endlich schien sie Emilys bleiches Gesicht zu bemerken, denn sie sagte: „Entschuldige, Emily, geht es dir gut? Du siehst ziemlich blass aus."

„Nein, ich bin, ich bin ..." Emily hatte Mühe, ihre Lippen zu einem Lächeln zu verziehen. „Ich bin völlig überrascht! Ich weiß nicht, was ich sagen soll." *Denk nach, Emily. Denk nach!*

„Sag nichts, meine Liebe. Lass dir am besten von Lissy helfen, dich frisch zu machen. Sie soll dir auch etwas zu trinken bringen.“

„Nein!“, sagte sie zu schnell. Dann schob sie nach: „Ich ... wenn das, was Sie andeuten, stimmt, dann ...“ Sie bemühte sich, aufgeregt zu kichern. „Nun ja, ich möchte mit Thomas allein sprechen.“

Mrs McGinnis nickte. „Natürlich. Das verstehe ich. Wir lassen euch heute Abend genügend Zeit allein.“

„Oh, ich glaube nicht, dass ich so lange warten kann. Ich reite ihm entgegen.“ *Nicht so schnell, Emily! Du musst glaubwürdig klingen.* „Oh, ich bin ganz durcheinander, Mrs McGinnis. Bitte entschuldigen Sie. Ich habe das Gefühl, dass ich vorher mit ihm sprechen muss.“ Sie drehte sich im Kreis, legte die Arme um sich und tat ihr Bestes, um wie eine verliebte junge Frau zu wirken. „Bitte sagen Sie meiner Familie, dass ich Thomas entgegengeritten bin, damit sie sich keine Sorgen machen.“

„Aber, meine Liebe, es ist schon dunkel. Warte lieber hier. Er wird bestimmt bald kommen.“

„Der Weg in die Stadt ist nicht weit. Ich werde ihn bestimmt bald treffen. Bitte verstehen Sie mich. Das ist für mich wichtig.“

Mrs McGinnis schüttelte den Kopf. „Ihr beide werdet ein schönes Paar abgeben. Ihr seid beide so verliebt und impulsiv." Aber sie lächelte.

Emily drückte die Hand auf ihren Bauch, während sie zum Stall eilte. *Wenn Mrs McGinnis nur die Wahrheit wüsste! Wenn nur alle wüssten, was los ist!*

Atemlos kam sie im Stall an. „Miss Emily! Was ist denn los?", fragte Freddy.

„Ich brauche Brandy. Ich muss in die Stadt und Leutnant McGinnis entgegenreiten." Als der Junge sich nicht vom Fleck rührte, fügte sie hinzu: „Keine Sorge, Freddy. Mrs McGinnis weiß, was ich vorhabe. Bitte hilf mir, Brandy fertig zu machen."

Freddy nickte, auch wenn er etwas verwirrt aussah. Dann holte er wieder Brandys Zaumzeug und ging in die Box. Die Stute protestierte schnaubend, als sie von ihrem Heu weggeholt wurde und Freddy sie aus der Box führte. Er legte ihr das Zaumzeug an und zurrte den Sattel fest. Dann holte er die Trittleiter und half Emily in den Sattel.

„Danke, Freddy."

Sie warf einen Blick hinter sich auf Troopers leere Box. Durch die offene Stalltür sah sie, dass Vater, Mutter und Anna soeben eingetroffen waren und aus der Kutsche stiegen. Bevor sie etwas sagen konnten, erklärte ihnen Emily schnell: „Thomas war in der Stadt und ist auf dem Rückweg. Ich reite ihm entgegen!"

Aus dem Gesicht ihres Vaters sprach eine beherrschte Überraschung und Mutter zog erstaunt die Brauen hoch. Anna bedachte sie mit einem fragenden Blick.

Wieder zwang sich Emily zu einem albernen Kichern. „Es besteht kein Grund zur Sorge. Ich habe gute Gründe dafür. Fragt Mrs McGinnis! Sie kann euch alles erklären. Wir sind beide bald zurück." Damit trieb sie Brandy zum Galopp an.

Inzwischen war die Sonne untergegangen und die Dämmerung brach herein. Kurze Zeit später verschlang die Dunkelheit die Straße. Wie benommen ritt Emily in die Richtung zurück, aus der sie gekommen war. Der Weg in die Stadt bog ungefähr einen Kilometer vor der Derracott-Plantage ab.

Ihr Verstand arbeitete auf Hochtouren. Was sollte sie Thomas sagen? Wie sollte sie ihn zur Rede stellen?

Inzwischen hatte sie die Straßengabelung erreicht und schlug den Weg ein, der nicht zur Plantage ihrer Familie, sondern in die Stadt führte. Sie rechnete damit, dass Thomas jeden Moment auf Trooper vor ihr auftauchen würde.

Dann sah sie ihn, aber er war nicht allein. Brandy bäumte sich auf und wieherte, da ihnen plötzlich ein Mob aus Reitern mit weißen Umhängen entgegenkam. Brennende Fackeln beleuchteten die Dunkelheit. An der Spitze ritt ein Apfelschimmel, dessen flachsfarbene Mähne vor dem pechschwarzen Hintergrund hell wie der Mond leuchtete.

Der Klan! Er war unterwegs zu ihrer Plantage!

Emily hatte Mühe, Brandy zurückzuhalten. Entsetzt flüsterte sie: „Thomas“, als die Pferde mit ihren gespenstischen Reitern in einem blendenden Wirrwarr aus brennenden Fackeln und weißen Gewändern an ihr vorbeigaloppierten.

Sie hatte sich schon wieder geirrt. *Thomas war nicht in der Stadt, um bei einem Juwelier einen Ehering auszusuchen. Er hat uns zu seinen Eltern eingeladen, um sicherzustellen, dass wir nicht zu Hause sind, wenn der Klan die Plantage überfällt.* Emily zitterte so sehr, dass sie die Stute nicht zügeln konnte. Brandy tänzelte wild, warf den Kopf zurück und stieg wieder auf die Hinterbeine. Schließlich brachte sie Brandy zum Stehen und lenkte die Stute in die Richtung herum, in die der Mob geritten war. Sie saß auf dem Pferd und starrte dem unheimlichen Bild nach, das sich immer mehr entfernte. Sie hörte ihr eigenes mühsames Keuchen, das genauso laut klang wie Brandys schweres Schnaufen. Endlich erholte sie sich ein wenig und konnte Brandy wieder antreiben.

Sie hatte die Plantage kaum erreicht, als sie vor sich die brennenden Fackeln sah. Brandy tänzelte aufgeregt und wieherte als Antwort auf das Wiehern der anderen Pferde in der Ferne, die zu den Hütten der Freigelassenen unterwegs waren.

Emily galoppierte am Herrenhaus und dann am Schulhaus und an der kleinen Kirche vorbei. Dann brachte sie Brandy zum Stehen und schaute fassungslos zu, wie mindestens dreißig, vielleicht auch vierzig verhüllte Männer auf ihren Pferden die Hütten der Freigelassenen umringten. Ganz vorne war ein Apfelschimmel mit flachsfarbener Mähne und flachsfarbenem Schweif.

Benommen schaute sie zu, wie die Freigelassenen aus den Hütten strömten. Mehrere Dutzend Männer, alle mit Gewehren in den Händen. Auf einmal bäumte Trooper sich auf und sie hörte Thomas, *ihren* Thomas, rufen: „Achtung! Die Freigelassenen sind bewaffnet!"

Rufe erschollen, und Pferde wieherten, während der Klan die Freigelassenen umringte. Plötzlich tauchte Leroy auf. Sein Gesicht war hart und entschlossen und glänzte im flackernden Licht der Fackeln. Sein Gewehr war angelegt und auf den unruhigen Apfelschimmel gerichtet.

Ein Schuss knallte.

Im nächsten Moment fiel die gespenstische Gestalt, die auf Trooper saß, zu Boden. Der Apfelschimmel scheute und galoppierte hinter den anderen

Pferden her. Die Klanmitglieder flohen, während die bewaffneten Schwarzen ihre Gewehre auf sie richteten und schossen.

Emily stieg ab und lief zu dem Mann, der auf der Erde lag. Sie betete, dass es nicht Thomas war, dass sie sich die ganze Zeit geirrt hatte, dass die Stimme, die sie gehört hatte, nicht seine gewesen war. Aber als sie das Tuch von seinem Gesicht hob, blickten ihr Thomas' glasige Augen entgegen.

Emily schrie.

Dann waren Tammy, Sam und Leroy neben ihr und beugten sich über den blutenden Mann. „Leutnant McGinnis!", weinte Tammy. „Sind Sie verletzt? Sind Sie schwer verletzt?"

Leroy nahm den Kopf von Thomas in die Hände, und Emily schaute ungläubig zu, wie ein schwaches Lächeln über das Gesicht von Thomas zog.

„Ich bin wirklich froh, dass Ihr Sohn ein so guter Schütze ist", murmelte Thomas. „Dafür bin ich wirklich sehr dankbar, Miss Tammy."

Dann verlor er das Bewusstsein.

Während Sam und Leroy Thomas in ihre Hütte trugen, hielt Tammy Emily fest und erklärte ihr: „Er versorgt die Freigelassenen schon seit fast einem halben Jahr mit Informationen. Das hat er schon getan, bevor unser Washington ermordet wurde. Er geht zu diesen

Klan-Treffen, reitet zu den Plantagen, zu den Hütten der Freigelassenen und warnt sie und fleht sie an, sich zu bewaffnen, um sich verteidigen zu können. Er hat uns Gewehre gebracht und versucht, uns zu beschützen."

Tammy liefen die Tränen übers Gesicht. „Manchmal lief es gut. Und manchmal, wie bei Washington, war er machtlos." Tammy ergriff Emilys Hand mit einem festen Griff. „Er ist einer von uns, Miss Emily. Er hat meinem Leroy heute Nacht das Leben gerettet. Sie kamen, um Leroy zu holen, und Leutnant McGinnis hat ihm gesagt, was er machen soll."

Emily schwieg verblüfft und versuchte, Tammys Worte zu verarbeiten, während Tammy und Sam mit Thomas beschäftigt waren.

„Jemand muss Gladys holen. Sie hat im Krieg viele Kugeln herausgeschnitten", sagte Leroy.

Emily kniete neben Thomas nieder. „Oh, mein Freund. Es tut mir so leid. Mir tut alles so leid."

„Der Klan muss glauben, dass alles echt war", flüsterte er. „Dummes Mädchen! Reite zu mir nach Hause." Sein Atem ging schwer und seine Augen waren geschlossen. Sie nahm seine Hand und hielt sie fest. „Erfinde irgendeine Geschichte! Lass deiner Fantasie freien Lauf, aber lass niemanden wissen, dass du hier warst. Verstehst du?" Mühsam schlug er die Augen auf und Emily nickte.

„Mein Freund. Mein lieber, lieber Freund. Ich habe dich vollkommen falsch eingeschätzt."

„Du konntest das ja auch nicht wissen, liebe Emily. Geh jetzt! Schnell!"

„Ja, ja, ich gehe. Aber eines muss ich vorher noch machen." Sie beugte sich zu ihm runter und küsste Thomas zärtlich auf die Lippen.

Kapitel 15

Die letzten Rosen blühten in verschiedenen Farben im Garten und zeigten in der verblassenden Novembersonne hartnäckig ihre Farbenpracht. Emily betrachtete eine hellgelbe Rose und bewunderte ihre Widerstandskraft.

Thomas schaute Emily an. „Eine Frühlingshochzeit im Rosengarten ist bestimmt atemberaubend schön."

„Ja. Mutter ist außer sich vor Freude."

„Und du, meine liebe rebellische Braut?" Als er das sagte, sprach eine große Liebe aus seinen hellblauen Augen.

Emily lächelte bei seiner liebevollen Anrede und küsste ihn zärtlich auf die Stirn. Seine Schulter war verbunden und sein Arm lag in einer Schlinge. Er behauptete zwar, dass die Schmerzen schon nachgelassen hatten, aber davon war Emily nicht überzeugt.

„Ich, mein lieber Thomas, bin einfach überwältigt. Es kommt alles so unerwartet. Endlich sehe ich klar. Aber ich kann es immer noch nicht ganz fassen."

„Ich hoffe, du fasst es nie, wenn das bedeutet, dass du meine Frau wirst."

Sie schmiegte sich enger an ihn. „Ich werde sehr gern deine Frau. Aber du, *du* bist hier der Rebellische, mein Thomas."

Mein Thomas.

Seit dem Überfall des Klans auf die Plantage sprachen sie oft über jenen Abend, aber sie schilderte es ihm noch einmal: „Es war etwas so Starkes. Ich habe es gefühlt, Thomas. Ich hatte das starke Gefühl, dass ich dich einfach finden musste. Ich *musste* einfach. Glaubst du, das war der Heilige Geist?"

„Ja, ich glaube, Gott hat dich zu der Plantage geführt, damit du endlich die Wahrheit herausfindest." Thomas legte seinen unverletzten Arm enger um sie. „Ich hätte das nie gewollt, aber jetzt danke ich Gott dafür."

„Ja."

„Aber du weißt, Emily, dass ich es dir eines Tages

gesagt hätte, wenn es sicher gewesen wäre." Auch das hatte er ihr in den letzten Tagen zigmal gesagt.

„Ja. Aber bis dahin wäre sehr viel Zeit vergangen."

„Das stimmt", gab Thomas zu.

„Es ist auch jetzt nicht sicher."

„Nein. Und wir müssen uns entscheiden, was wir *jetzt* machen wollen." Er küsste ihre Hand.

„Ja, erzähl mir von deinem Besuch in Atlanta. Was hast du dort in Erfahrung gebracht? Wirst du dich offiziell vom Klan distanzieren?"

„Der Umzug nach Atlanta ist Trennung genug. Ich werde dort viel mehr Freiheit haben."

„Aber du liebst die Plantage doch." Bis jetzt hatte sie es nicht gewagt, diese Frage auszusprechen. „Wie kannst du dann von hier weggehen?"

„Es ist für uns alle besser, wenn ich nach Atlanta gehe. Bei meinem letzten Aufenthalt dort habe ich mehrere Geschäftsleute kennengelernt, die mir helfen wollen, eine Arbeit zu finden."

„Und deine Eltern?"

„Vater ermutigt mich wegzugehen." Er schaute ihr in die Augen. „Ich habe meinem Vater und auch deinem die Situation erklärt. Beide haben meine Entscheidung verstanden und unterstützen mich darin, in Atlanta eine Arbeit und ein geeignetes Haus für uns zu suchen."

Emily dachte an die Nacht zurück, als sie auf die McGinnis-Plantage zurückgeritten war. Da hatte sie nach den richtigen Worten gesucht, um zu erklären, was passiert war. Thomas hatte verletzt auf ihrer Plantage gelegen und war von Tammy, Gladys, Sam und Leroy versorgt worden. Ihre Eltern und auch die von Thomas waren über das, was geschehen war, verwirrt, entsetzt und wütend und gleichzeitig auch erleichtert. „ Ich habe noch nie so viele verschiedene Gefühle gleichzeitig in einem Raum erlebt." Sie lächelte Thomas an. „Du weißt, dass mein Vater vollkommen überrascht war, weil ich meine Meinung über dich geändert hatte."

„Er war überrascht, ja. Aber er hat sich auch gefreut. Ich bin dankbar für sein Vertrauen und dass er meinen Wunsch, dich zu heiraten, unterstützt, auch wenn ich in den letzten Monaten nicht ganz ehrlich zu ihm war."

„Vater respektiert dich, Thomas. Und Mutter ist, wie ich schon sagte, außer sich vor Freude."

Thomas nickte. „Emily, unsere Eltern mussten mit ansehen, wie ihr ganzes Leben zerbrach. Sie werden sich davon erholen, aber es dauert seine Zeit, bis man lernt, Menschen, die anders sind als man selbst, zu akzeptieren. Vielleicht viel Zeit. Einige werden sich nie ändern, aber unsere Eltern schaffen das. Davon bin ich fest überzeugt."

„Ich vertraue darauf, dass du recht hast."

„Ich nehme an, du hast gehört, dass Leroy heiratet und auch nach Atlanta zieht?"

„Ja, das habe ich gehört." Sie wollte ihm die eine Sache gestehen, die sie bis jetzt nicht auszusprechen gewagt hatte. Sie räusperte sich und flüsterte: „Ich dachte, ich wäre in ihn verliebt."

„Ich weiß."

Sie entzog sich seiner Umarmung. „Das weißt du?"

„Leroy und ich haben uns oft unterhalten. Er war derjenige, der mir geraten hat, dir, endlich zu sagen, bevor es zu spät ist, wem meine Loyalität in Wirklichkeit gilt."

Emily lächelte schwach. „Ich habe so vieles falsch eingeschätzt."

„Du konntest das alles doch auch gar nicht wissen."

„Und du bist ganz sicher, dass du dein Leben mit jemandem wie mir verbringen willst? Mit einer Frau, die eigensinnig und impulsiv ist und so viel falsch einschätzt?"

„Ich bin absolut sicher, dass ich mein Leben mit einer schönen Frau verbringen will, die Selbstbeherrschung und Barmherzigkeit lernt, aber trotzdem fest zu ihren Überzeugungen steht."

Selbstbeherrschung! Wenn Miss Lillian dieses

Wort aus Thomas' Mund gehört hätte, würde sie lachen. Doch einen Moment später platzte Emily heraus: „Und was soll ich die ganzen Monate lang tun, in denen du in Atlanta bist? So weit weg?“

Jetzt nahm Thomas sie zärtlich in die Arme und gab ihr einen langen, leidenschaftlichen Kuss. Emily schmolz in seinen Armen dahin, während Thomas flüsterte: „Du wirst unsere Hochzeit planen, und ich, meine Liebe, werde den Rest unseres Lebens planen.“

Epilog

Emilys Töchter, Rachel und Nicole, klammerten sich an ihre Beine, während Emily am Rand der Baumwollfelder auf der Plantage ihrer Eltern stand. Sie atmete den Spätsommerduft der Felder ein. Die Luft hier war so ganz anders als das hektische Leben in Atlanta.

Sie seufzte und ihr wurde schwer ums Herz, als sie an ihr früheres Leben zurückdachte.

„Das Feld sieht aus, als würden weiße Wolken darauf wachsen“, rief die dreijährige Rachel begeistert aus.

„Wolken“, stimmte ihr die zweijährige Nicole zu.

Ja, ja, das stimmt.

„Hier ist eure Mama aufgewachsen. Manchmal war ich auf den Feldern und habe Baumwolle gepflückt."

„Können wir auch Baumwolle pflücken, Mama? Bitte, bitte!", bettelte Rachel.

„Ja, vielleicht machen wir das morgen, meine Kleine."

Emily schloss die Augen und erinnerte sich an jenen Abend, als sie Baumwolle gepflückt hatte und nur knapp mit dem Leben davongekommen war, weil ein Blitz sie zu Boden geworfen hatte. Dann verzog sie das Gesicht, als das Bild von Washington vor ihrem geistigen Auge auftauchte, dessen lebloser Körper von der Eiche baumelte. In einem anderen Bild aus der Vergangenheit zielte Leroy mit seinem Gewehr auf Thomas und drückte ab.

Sie hatte so viele verschiedene Erinnerungen an das Jahr 1868.

Und doch sah Emily diese Tage im Rückblick immer als eine kurze und bittersüße Zwischenphase. Eine Zeit unglaublicher Veränderungen und Möglichkeiten.

Sie kniete neben ihren Töchtern nieder, zog sie liebevoll an sich und schaute auf die Felder hinaus, auf denen die Naturalpächter arbeiteten.

Die Freigelassenen.

Aber frei waren sie nicht wirklich.

Anfang dieses Jahres, 1872, war Georgia vollständig „befreit" worden, wie es die Demokraten bezeichneten. Das bedeutete, dass der Bundesstaat wieder unter der Herrschaft der konservativen weißen Demokraten stand. Sie dachte an den Ku-Klux-Klan, der nur deshalb nicht mehr aktiv war, weil das nicht mehr nötig war. In Georgia hatten die Weißen wieder die Oberhand, wie es schon vor dem Krieg gewesen war.

Vor dem Krieg, dachte Emily traurig.

Thomas trat hinter sie und legte die Arme um ihre Taille. „Da seid ihr ja! Meine schönen Mädchen!"

„Mama hat gesagt, dass wir morgen Baumwolle pflücken können", erzählte Rachel aufgeregt, die jetzt die Hand ihres Vaters packte.

„Dann werden wir das wahrscheinlich machen", sagte Thomas lachend.

Emily genoss es so sehr, ihren Mann lachen zu hören und neue Hoffnung in seinen Augen aufleuchten zu sehen.

Er trat neben sie und sie lehnte den Kopf an seine Schulter. Viele Dinge hatten sich zum Guten verändert, und doch fragte sie sich, wie viele Jahre noch vergehen würden, bis in Georgia die Weißen und Schwarzen wirklich gleichberechtigt wären.

Leroy kämpfte immer noch dafür. Erst vor einer Woche hatten sie und Thomas seine Kirche in Atlanta besucht und seine wortgewandte Predigt gehört, die von Bibelstellen und politischen Aussagen durchsetzt gewesen war. Nach dem Gottesdienst hatten die zwei Familien in Leroys und Claras Haus zusammen gegessen, und Emily und Clara hatten Geschichten über ihre Kinder ausgetauscht.

Im Schutz dieses Hauses hatte sie an jenem Nachmittag einen Vorgeschmack darauf bekommen, was echte Gleichberechtigung bedeutete. Und brüderliche Liebe. Liebe, die keine Grenzen kennt. Die sich von der Gesellschaft keine Grenzen auferlegen lässt.

Während sich Emily, Thomas und die Mädchen von den Feldern abwandten und zum Herrenhaus hinaufgingen, wo sie mit Vater, Mutter und Anna essen würden, betete Emily für den Tag, an dem eine solche Liebe und Gleichberechtigung im ganzen Land herrschen würde.

Anmerkungen der Autorin

Obwohl ich aus Atlanta stamme und in der Schule und am College Geschichtsunterricht hatte, konnte ich mich nicht an die Hoffnungen und das Grauen der Rekonstruktionszeit in Georgia erinnern. Offen gesagt, schämte ich mich, dass ich so wenig darüber wusste, als ich begann, mich mit dieser „Zwischenphase der Freiheit" im Leben der Schwarzen in Georgia zu befassen. Die folgenden Informationen (aus www.georgiaencyclopedia.org) beschreiben das Ende der Rekonstruktion etwas ausführlicher:

Konservative setzten Terror, Einschüchterung und

den Ku-Klux-Klan ein, um den Bundesstaat Georgia zu „befreien". Ein Viertel der schwarzen Abgeordneten wurde getötet, bedroht, geschlagen oder verhaftet. Bei den Wahlen im Dezember 1870 errangen die Demokraten einen überwältigenden Sieg. Schwarze Wähler in Georgia wurden ab den 1890er-Jahren zuerst manipuliert und letztendlich entrechtet. Das letzte schwarze Mitglied der Generalversammlung, W. H. Rogers, trat 1907 als letzter Vertreter des politischen Apparats in Georgia aus der Rekonstruktionszeit zurück. Erst 1963, während der Bürgerrechtsbewegung (von einigen Historikern auch „Zweite Rekonstruktion" genannt), kam wieder ein schwarzer Politiker, Leroy Johnson (ein Demokrat), in die Generalversammlung. Ihm folgte erst 2005 ein schwarzer Republikaner, Willie Talton aus Warner Robins.

Für die große Masse in Georgia, Schwarze und Weiße, war das Hauptvermächtnis der Rekonstruktion ein Leben als Naturalpächter. Grundsteuern, die vorher schwer auf den Sklavenbesitzern gelastet hatten, lagen jetzt auf den Landbesitzern. Während der Rekonstruktion stiegen diese Steuern stark an. Aus diesem und anderen Gründen fand ein Wandel statt. Während die Mehrheit der Weißen im Süden in der Zeit vor dem Krieg Land besessen hatte, waren die meisten bis zum Anfang des 20. Jahrhunderts Naturalpächter ohne Landbesitz. Obwohl 1900 der Anteil der schwarzen Bauern in Georgia auf 13 Prozent angestiegen war, blieben die meisten Naturalpächter. Weiße und Schwarze in Georgia warteten auf eine weitere Veränderung der Wirtschaft; diese kam erst durch den Kriegseintritt der USA in den Zweiten Weltkrieg (1941–45). Was die politischen Rechte der Schwarzen betrifft, wäre eine weitere Rekonstruktion nötig.

Mrs Derracotts Kokosnusstorte mit Zitronenfüllung

4 Tassen gesiebtes Mehl

5 Teelöffel Backpulver

1 ½ Teelöffel Salz

Eiweiß von 6 großen Eiern

1 Tasse pflanzliches Backfett

½ Tasse Zucker

2 Tassen Zucker

Milch nach Bedarf

2 Teelöffel Vanilleextrakt

Zitronenpudding

Zuckerguss

Kokosflocken

1 ½ Tassen Milch mit Butter oder 2 Tassen Milch mit Backfett verrühren.
Gesiebtes Mehl abmessen, Backpulver und Salz hinzufügen und dreimal zusammen sieben.
Eiweiß schaumig schlagen. Nach und nach ½ Tasse Zucker zu dem Eiweiß geben und schlagen, bis die Schaummasse steif ist.
Backfett schaumig rühren, nach und nach 2 Tassen Zucker zugeben und verrühren, bis die Masse weiß und schaumig ist.
Mehlmischung und Milch abwechselnd zugeben, immer nur in kleinen Mengen, und jedes Mal rühren, bis die Masse glatt und geschmeidig ist.
Vanille zugeben.
Eischnee vorsichtig unter den Teig heben.
Teig in drei runde Backformen mit einem Durchmesser von ca. 25 cm geben, die gut gefettet und am Boden mit Backpapier ausgelegt sind. 20–25 Minuten bei 190 Grad backen.
Abkühlen lassen.
Zwei Böden mit Zitronenpudding bestreichen und aufeinandersetzen. Den obersten Boden und die Seiten der Torte großzügig mit Zuckerguss überziehen. Solange der Zuckerguss noch weich ist, großzügig mit Kokosraspeln bestreuen.

Zitronenpudding

½ Tasse Zucker

⅛ Teelöffel Salz

½ Tasse Wasser

1 Teelöffel Butter

2 Teelöffel Speisestärke

⅓ Tasse Zitronensaft

1 Ei

Geben Sie den Zucker, die Speisestärke und das Salz in einen Topf. Fügen Sie den Zitronensaft, das Wasser, das Ei und die Butter dazu; verrühren Sie alles gut. Stellen Sie den Topf über das kochende Wasser eines Wasserbads. Kochen Sie die Masse unter ständigem Rühren, bis sie andickt. Abkühlen lassen. In den Kühlschrank stellen, bis die Masse ganz kalt ist, und sie dann zwischen den Tortenböden verteilen.

Zuckerguss

3 Teelöffel Wasser

1 Eiweiß

1 Teelöffel Maissirup oder ⅛ Teelöffel Weinstein

1 Tasse Zucker

⅛ Teelöffel Salz

1 Teelöffel Vanilleextrakt

Erhitzen Sie in einem Topf Wasser für ein Wasserbad. Das Wasser sollte bis knapp unter den oberen Rand des kleineren Topfs reichen.
Geben Sie 3 Teelöffel Wasser, das Eiweiß, den Sirup oder Weinstein, den Zucker und das Salz in den oberen Topf des Wasserbads.
Verrühren Sie die Masse mit einem elektrischen Mixer auf hoher Stufe. Rühren Sie dann auf kleinerer Stufe noch ca. 7 Minuten weiter. Das Wasser im unteren Teil des Wasserbads muss während des Mixens weiterkochen.
Nehmen Sie die Masse von der Kochplatte, gießen Sie das heiße Wasser weg, füllen Sie kaltes Wasser ein und setzen Sie den Topf mit der Masse wieder hinein. Lassen Sie das Ganze 5 Minuten stehen.
Rühren Sie den Vanilleextrakt unter. Bestreichen Sie die Torte oben und an den Seiten mit dem Zuckerguss und bestreuen Sie ihn dann mit Kokosflocken.

Kleine Auszeit Romane

Karen Witemeyer
Ein Job für Neill Archer
ISBN 978-3-96362-050-8
142 Seiten, gebunden
auch als e-Book & Hörbuch erhältlich

Texas 1893: Neill, der jüngste der Archer-Brüder, will endlich auf eigenen Füßen stehen und verdingt sich als Dachdecker. Als eine junge Witwe ihn um seine Dienste bittet, erkennt er schnell, dass hier mehr gefragt ist als seine Handwerkskunst: Seine Arbeitgeberin schwebt in großer Gefahr ...

Tamera Alexander
Savannah
ISBN 978-3-96362-048-5
156 Seiten, gebunden
auch als e-Book & Hörbuch erhältlich

Nashville 1870: Savannah hat die Gabe, ein schönes Zuhause zu schaffen. Doch der Auftrag, nach dem Tod ihres Vaters ihr Elternhaus für den neuen Besitzer umzugestalten, fällt ihr schwer – so viel Vertrautes muss zerstört werden. Und doch liegt darin auch ihre Chance: Irgendwo dort ist das Kästchen versteckt, das das Vermächtnis ihres Vaters enthält ...